KB081163

사신공주의 재혼 5

미소와 용서의 성자

오노가미 메이야
(小野上明夜)

앨리스노블

번역 이진주 **표지** 조은아 **편집** 김은솔 **디지털** 김효준 **마케팅** 김정훈

차례

트레이스
카슈반의
소꿉친구 겸 집사

노라 텔페스
라이센가의 메이드
겸 카슈반의 애인(?)

세이그람
티르나드의 교육담당
겸 집사

루아크
라이센가를 드나드는
전직(?) 암살자 소년

티르나드 레이덴
명문가 레이덴의
당주인 소년

Death Princess

카슈반 라이센

「아즈베르그의 폭군」으로 악명 높은 벼락출세한 신흥귀족

알리시아 라이센

통칭 「사신공주」돈에 팔려온 신부

등장인물 소개

Illustration
키시다 메루

서장

소금기를 머금은 강한 바람이, 바다를 노려보고 선 소녀의 옅은 색 머리카락과 등에 멘 거대한 날개를 흔들었다.

그렇지 않아도 깎아지를 듯한 절벽 끝이라는, 매우 위험한 장소였다. 강한 바람이 불면 하얀 법의는 바람을 품고 크게 부풀어 오르고, 등에 멘 가짜 날개는 삐걱대며 비명을 질렀다. 여윈 몸이 풍압에 때때로 비틀거리는 모습은 소녀가 빼어난 미소녀였기에 한층 더 애처로워 보였다.

그러나 소녀는 이 장소를 떠나려 하지 않았다. 소녀의 등 뒤에 서 있는 법의 차림의 2인조도 똑같이 바람에 얻어맞으며 자리에서 움직이지 않았다.

"국왕, 및 스탕발 일족이 수상한 움직임을 보이고 있습니다."

바다를 바라보는 소녀의 등에 대고 담담하게 보고하는 자는 백발을 길게 기른 노파였다. 주름이 깊게 팬 얼굴은 초연한 표정을 띤 채였고, 바람에 흐트러진 머리카락을 정리하려 들지도 않는 모습은 일종의 신성함마저 느끼게 했다.

'날개의 기도' 교단 제2계제(階梯)에 있는 성직자이자, 교단을 양분하는 세력 중 하나인 급진파의 선봉인 솔라스카. 극단적으로 깜빡거림이 적은, 옅은 푸른색 눈동자가 뿜어내는 날카로운 눈빛을 뒤집어쓰면 마음이 약한 사람은 그 자리에서 자지러질 것이다.

"이미 들어 아시겠지만, 다시 한번 말씀드리지요. 유란 스탕발은 분명히 경건한 신자입니다. 그러나 그 남자는 실딘 왕가의 개나 다름없는 일족 출신. 만에 하나 제1계제에라도 오른다면 교단은 실딘 국왕의 뜻에 좌지우지될 것입니다."

제1계제까지 올라간다.

그 의미는 다시 말해 '날개의 기도' 교단의 최고 지도자가 된다는 것.

"……즉, 나와 결혼한다는 것."

날개를 짊어진 소녀가 그렇게 작게 중얼거린 순간, 한순간 솔라스카의 말이 끊어졌다.

그러나 노파는 표정을 바꾸는 일 없이, 시끄러운 바람 속에서도 기묘하게 또랑또랑하게 잘 들리는 목소리로 담담하게 말을 이어갔다.

"실딘 국내에는 아직 하극상의 불씨가 남아 있어서, 표면적인 평화 속에서 각지의 영주들이 추하게 서로 싸우고 있습니다. 왕가는 그들을 한데 모아 절대 왕정을 실현한다는 구실을 들어, '날개의 기도' 교단까지 손아귀에 넣으려 하고 있습니다."

소녀가 방금 입에 담은 말은 바람에 묻혀 들리지 않았을까.

아니. 애초부터 이 여자는 자신의 말에 귀를 기울일 생각이 없다고, 소녀는 메마른 감상을 품었다.

언제나 그랬다. 새삼스러울 것도 없는 일이다. 하지만 지금은 조금이나마 심술을 부리고 싶은 기분이 들었다.

"솔라스카. 너는 누구에게 이야기하는 것이냐?"

그래서 소녀는 한층 이야기를 계속하려는 솔라스카의 말을 가로막고, 뒤돌아서 물어보았다.

"······당신께."

"나에게인가. 그러면 나는 누구더냐?"

"······아셀, 님이십니다."

아주 잠깐 동안, 솔라스카는 말을 머뭇거렸다.

"그렇다. 나는 성녀 아셀이며, 너는 이제 아셀이 아니다. 그 점을 너는 때때로 잊더군. 다시 한번 묻겠다. 내가 누구더냐?"

"아셀님이십니다."

솔라스카의 눈가를 둘러싼 주름이 한순간 깊어졌다. 그러나 이번에는 솔라스카는 주저하지 않고 이름을 불렀다.

그리고 또다시 지금 있었던 대화는 아무것도 아니라는 듯이, 담담하게 말을 늘어놓기 시작했다.

"그에 비해, 나딜은 작위는 갖고 있으나 왕가와는 특별한 관계가 없습니다. 무엇보다 '날개의 기도'를 믿지 않는 어리석은 자들을 철저하게 배제하겠다는 강한 의지를 갖고 있지요."

"예. 우리의 신과 성녀를 위해 나딜은 이 한 몸을 일생을 바칠 각오가 돼 있습니다."

뻔한 소개에 맞춰 강한 어조로 인사한 자는 솔라스카의 반걸음 정도 뒤에 물러서 있던 긴 진홍색 머리를 가진 젊은이였다. 귀부인처럼 옅게 화장을 하고, 살짝 처진 눈꼬리를 더욱 늘어뜨리며 우아하게 미소 짓는 모습엔 성직자라고는 생각할 수 없는 요염함이 감돌고 있었다.

솔라스카와는 대조적으로 항상 사람을 끌어당기는 미소가 끊이지 않는 미청년. 나딜이라고 불린 남자도 역시 제2계제로 고위직에 있으며, 급진파를 대표하는 한 사람이었다.

온건파의 대표 격인 유란과 마찬가지로 당대 아셸의 신랑 후보로 점찍어진 남자이기도 했다.

"……분명히 유란은 재상 일족 출신이다. 그러나 그자의 아비는 유란이 어렸을 때 교단에 맡긴 후, 한 번도 아들과 만난 적이 없다. 또 애초에 교단에 들어올 때는 가문의 이름을 버리는 것이 관례. 유란 자신 역시 한 번도 일족의 힘에 기댄 적이 없다. 게다가 그자의 신앙에는 장래성이 있어."

교태 섞인 나딜의 미소에서 눈을 돌리면서 아셸은 그렇게 중얼거렸다. 그 말에 솔라스카의 눈이 날카로워졌다.

"황송하오나, 아셸님은 유란의 처우에 너무 무르십니다. 카슈반 라이센을 죽이는 데 실패했을 뿐 아니라, 그 남자에게 레이덴 지방의 실권을 쥐어 주는 꼴이 되고 말았습니다. 게다가 우수한 전 '날개의 수호'마저 빼앗기지 않았습니까. 원래대로라면 절벽에서 떨어뜨려야 하는 자인데 오히려 제2계제로까지 올려주시다니요."

"자자, 두 분 다 그렇게 무서운 얼굴 하지 마십시오. 미녀는 노려보는 모습도 그림이 될 정도라지만, 이왕이면 아름답게 미소 지어주었으면 하는 것이 제 바람입니다."

당대 아셸과 선선대 아셸. 두 사람은 얼굴을 마주하면 항상 이런 식이었다. 둘 사이의 험악한 공기를 누그러뜨리기 위해 나딜이 입에 담은 농담에 아셸이 조용히 응수했다.

"그렇군, 나딜. 밤마다 네 침소에 드나드는 신자들은 언제나 너를 보고 황홀하다는 듯이 웃고 있더군."

"예. 그 여자들의 신앙심은 정말로 대단합니다. 바라옵건대 실딘만이 아니라 모든 나라의 백성들이 그래 주었으면 합니다. 물론 남녀노소 불문하고 말이지요."

나딜은 일부러 '그 여자들'이라는 단어를 선택해 대답했다. 그 대답에 아셸이 침묵했다. 그런 아셸에게 나딜은 뽐내는 기색 없이 미소를 지었다.

"그런데, 아셸님. 당신께서 그렇게 유란의 편을 들어주시는 이유가 저와 결혼하기 싫기 때문은 아니겠지요?"

"……그럴 리 없지 않은가."

"그렇습니까. 아니, 그렇다고 해도 별로 상관은 없습니다. 당신께서 아셸의 자리에서 내려오시기까지는 앞으로 1년 남짓 시간이 있습니다. 신랑은 천천히 고르셔도 괜찮답니다. 그러나 차기 성녀 후보는 이미 전부 모여 있습니다. 교육이 빨리 끝나는 것만큼 좋은 일도 없을 겁니다. 무슨 일이 있을지 모르니 말입니다. 그렇지요?"

나딜이 솔라스카에게 동의를 구하자, 솔라스카는 '너무 여유를 부려서도 곤란하다'고 대답해 나딜을 쓴웃음 짓게 하였다.

"어쨌든 신을 위해, 이 세계를 위해 당신이 올바른 판단을 하시리라 기대하고 있습니다. 한데 바람이 강하니 저희는 슬슬 대성당으로 돌아가려고 합니다만."

"나는 남겠다."

어떤 말이 계속 이어질지 알아차린 아셀이 그 제의를 거절했다. 그런 아셀의 모습에 나딜은 다시 한번 쓴웃음을 짓고는 솔라스카를 쫓았다. 솔라스카는 이미 자리를 뜬 후였다.

바람 속에 남겨진 아셀은 다시 절벽을 향해 돌아섰다.

"올바르게 세상을 이끌어가야 할 우리가 이렇게 권력 싸움에 바쁘면 어쩌자는 게지……."

눈을 감고 괴로운 듯이 미간을 찡그리며 혼잣말을 한 뒤, 그런 자신을 통제하려는 듯이 바다와 하늘을 노려보았다.

"……나는 성녀, 아셀. 사람들을 이끄는 자에게 망설임은 허락되지 않는다……."

[제1장] 사치는 적

실딘 왕국 북쪽의 변경, 아즈베르그.

짧은 여름이 거의 끝나가는 이 지방은 1년 내내 기후가 서늘하며, 토지도 기복이 심하고 척박한 곳이다. 가난한 삶 속에서 인간은 자신이 기댈 수 있는 존재를 추구하는 모양이었다. 이곳에서는 하극상의 시기를 거치며 요즘 들어 구심력을 거의 잃어버린 국교, '날개의 기도'를 깊게 믿는 사람이 아직도 많다.

그런 아즈베르그 사람들을 조롱하듯이 이 땅에 군림하는 자는 악명 높은 '아즈베르그의 폭군', 카슈반 라이센이었다. 하녀의 피를 이은 벼락출세한 귀족 주제에 '사신 공주'를 아내로 맞아들여 점차 세력을 뻗치고 있다고, 아즈베르그 지방에 사는 귀족들은 무슨 일만 있으면 한탄했다.

"강 공작이라는 웃기는 작위는 세습되지 않는다고 하던데, 뻔뻔스러운 그자가 어떻게 나올지는 모르는 일입니다……. 오델 후작께서 어떻게든 손을 써주시리라 생각했는데, 요즘은 두 가문 사이를 사자가 빈번하게 드나들고 있다고 하더군요."

"오델 후작은 강혼하신 왕녀님을 아내로 두신 분으로, 차기 국왕이 되실지 모른다는 소문도 있는 분입니다. 라이센 녀석, 혹시 그분에게 잘 빌붙은 게 아닐까요……."

사정을 모르는 귀족들은 어디까지나 진지하게 사태를 걱정하고 있었다. 그러나 아즈베르그 지방에서도 더욱 북쪽 변경, 어두운 숲의 깊은 안쪽에 있는 영주의 저택에서는 귀족들 걱정과는 거리가 먼 광경이 전개되고 있었다.

"지금입니다, 알리시아 님."

신호를 보내는 목소리에 고개를 끄덕인 사람은 전남편을 살해했다는 어두운 소문을 가진 '사신 공주', 알리시아 라이센이었다. 험악한 별명과는 달리 지극히 평범한 외모에 안경을 쓴 소녀는 어슴푸레한 실내에 미끄러지듯이 발을 들여놓았다.

과거에는 '하르바스트 장미 저택'이라고 불리던 곳, 여기저기 날개 달린 괴물 상이 널려 있고 벽도 가구도 칠흑색 혹은 심홍색으로 칠해진 기분 나쁜 저택에서 유일하게 시시할 정도로 평범한 방. 그 방 안쪽에 놓여 있는 간결한 구조의 책상 앞에는 검은색 일색인 복장인 남자가 의자에 앉은 자세로 미간에 주름을 모으고 잠들어 있었다.

연일 이어지는 업무로 지쳤으리라. 망토는 벗고 있었지만, 의상은 낮에 입었던 그대로였다. 뭔가 서류를 보다가 그대로 잠이 들었는지, 책상 위에는 다양한 필체의 서류들이 흩어져 있었다.

"카슈반 님……."

저택 주인이자 이 아즈베르그 지방의 영주이며, 자신의 남편이기도 한 남자의 이름을 알리시아는 불러보았다. 그러나 일어날 기색이 전혀 없었다. 평상시에는 감이 무척 좋지만, 지금은 피곤한 데다 자기 방에 있기도 해서 방심하고 있으리라.

알리시아는 카슈반의 바로 곁에까지 다가가서 손에 들고 있던 편지를 열심히 응시했다.

편지 내용은 어느 정도 기억하고는 있었지만, 알리시아는 안경을 써도 시력이 의심스러울 만큼 눈이 좋지 않았다. 그런 알리시아에게 창도 열려 있지 않은 어둑어둑한 실내에서 작은 글씨를 읽기란 어려운 일이었다. 게다가 척 보기에도 비싸 보이는, 정교한 꽃문양이 희미하게 비치는 편지지도 가독성을 떨어뜨리고 있었다.

"아깝네요. 이 정도 분량이라면 크기가 큰 나뭇잎에 써도 좋았을 텐데요. 아니면 이전에 보냈던 편지 뒷면에 쓰거나."

몰락한 명문가 페이트린에서 태어나고 자란 알리시아는 후견인에 의해 돈에 팔리듯이 라이센 가로 시집왔다. 몸에 밴 가난뱅이 근성을 십분 드러내며, 알리시아는 다시 한번 편지를 살폈다.

"어 그러니까…… '여보, 일어나세요'였죠."

되도록 섹시하게, 라고 적힌 주석에 따르고자 알리시아는 가슴을 모으는 동작을 취해 보였다. 유감스럽게도 체구가 작고 마른 알리시아에게는 가슴을 하나로 모을 만큼 지방이 붙지 않았지만 말이다.

"여보, 일어나세……."

카슈반의 대답은 짐승이 위협하는 듯한 낮은 목소리로 되돌아왔다. 악몽을 꾸고 있을까, 그것이 아니면 이상한 예감이 들어 무의식중에 경계하고 있을까.

"여보…… 일어나세요……. 두 번을 반복해도 일어나지 않을 때는…… 앗, 그러니까 '우후후, 어쩔 수 없는 분이네. 그럼 이렇게 하면 일어나실까……?'로 나아가야 하는군요……."

카슈반의 반응에 따라 알리시아는 공손하게 순서가 적혀 있는 편지에 의지해 남편의 뺨에 가볍게 키스했다. 카슈반의 미간의 주름이 한층 더 깊어졌지만, 여전히 눈을 뜨지 않고 알리시아가 하는 대로 당하고 있었다.

"우후후. 이렇게 하면 일어나실까……?"

국어책 읽는 듯이 낭독을 계속하면서, 알리시아는 팔걸이에 놓인 카슈반의 팔에 손을 얹고 발돋움을 했다.

"눈꺼풀과 뺨……."

촉, 촉하고 먹이를 달라고 보채는 새끼 새와 같은 동작으로 알리시아는 카슈반의 눈꺼풀과 뺨에 가볍게 입을 맞추었다.

그러고 있으려니, 왜일까.

카슈반은 잠이 든 채로 반응이 없었는데 알리시아 쪽이 점차 호흡이 빨라지고 뺨이 장밋빛을 띠기 시작했다. 시집온 얼마 후부터 느끼기 시작한 '배가 아픈' 감각, 정확히는 배보다 조금 위쪽이 꾸욱 조여드는 감각에 저도 모르게 목소리가 떨렸다.

"그리고 음, 그러니까…… 귀……?"

짧은 검은 머리카락 사이로 엿보이는 카슈반의 귀에 알리시아는 두근거리는 가슴을 안고 입술을 가까이 가져갔다. 귓불에 촉 입술을 갖다 대자 카슈반이 작게 몸을 움직였다.

이 정도면 일어나주지 않을까 기대했지만 어지간히 피곤한 모양이었다. 카슈반은 다시 잠 속으로 되돌아가고 말았다.

"카슈반 님…… 아직도 일어나지 않으시나요……?"

애절하게 중얼거리는 목소리에는 미숙하긴 했지만 꾸미지 않은 색기가 감돌았다.

"그렇다면, 음 그러니까……, 입, 에……."

카슈반의 뺨에 손을 얹고 슬슬 거리를 좁혀갔다.

살짝 벌린 입술에서 새어 나온 숨소리가 속눈썹을 간질여서 창피했다. 그러나 이외의 방법은 배우지 못한지라 마음을 굳게 다잡고 얼굴을 가까이 갖다 대…….

"우왓!"

어깨를 잡혀 힘껏 떼어 내졌다.

"뭐, 뭐냐? 알리시아……."

"어머, 일어나주셨네요. 다행이에요. 안녕하세요, 카슈반 님."

아직 잠이 덜 깨서 멍한 채로 아내의 행동에 경악하는 카슈반을 향해 알리시아는 온화하게 미소 지었다.

"에르티나 왕녀 전하가 일러준 방법인가?"

간단히 옷매무시를 가다듬은 카슈반은 알리시아가 갖고 있던 편지를 보고 진절머리난다는 표정을 지었다.

검은 머리카락에 검은 눈동자, 장신의 다부진 체구를 검은색 일색인 의상으로 둘러싼 그는 대외적으로는 '아즈베르그의 폭군'으로서 사람들의 두려움을 사고 있었다.

귀족다운 우아함이 결여된 점과 실제 연령보다 상당히 연상으로 보이는 외모도 그렇게 불리는 원인 중 하나였다. 그렇다고는 해도 통치 방식이 상당히 강압인 것도 사실이었다. 특히 아버지가 영주였던 시절에 제멋대로 설치고 다녔던 귀족에게는 가차 없었다.

그런 카슈반에게도 거북한 상대가 있다. 그중 한 명이 실딘 왕국의 전 왕녀이자 현재는 지스칼드 오델 후작와 강혼한 에르티나 오델이다.

"오델 후작 각하도 에르티나 왕녀 전하가 우리와 연락을 주고받는 걸 내심 좋지 않게 생각하고 계실 텐데. 뭐, 나로서는 그 왕자님이 찍소리 못한다는 점이 다소 유쾌하지만 말이지."

완전히 알리시아와 편지 친구가 된 에르티나는 빈번히 편지를 보내서는 알리시아에게 이것저것 꾀를 가르쳐주고는 카슈반에게 써먹어 보도록 부추기고 있었다. 남편들끼리는 얼굴을 마주 보지 않아도 험악한 관계인데, 아내들끼리는 책도 빌리고 빌려주면서 즐겁게 지내고 있었다.

"피곤하신데 방해를 해서 죄송합니다. 카슈반 님. 하지만 카슈반 님이 깊이 주무시는 상태여야지 할 수 있다고 에르티나 님이 편지에 쓰셔서요."

송구한 얼굴로 중얼거리는 알리시아를 아침 햇살이 비추었다. 두꺼운 커튼을 걷어 올려 실내를 밝게 한 카슈반은 눈이 부신 듯이 살짝 얼굴을 찡그리는 아내의 황갈색 머리카락을 상냥하게 쓰다듬어주었다.

"······별로 나쁜 짓을 하진 않았으니 신경 쓰지 마라. 슬슬 일어나야 할 시간이기도 했으니까. 단, 그런 식으로 도발했다가 네 몸이 위험······ 아니."

애매하게 말꼬리를 흐린 카슈반은 알리시아에게 향하던 것과는 완전히 다른, 날카로운 눈으로 주위를 노려보았다.

"그런데 루아크. 이 근처에 있겠지? 나와라."

"예— 이. 안녕하십니까, 주인님. 부르셨나요~?"

그 부름에 천장 근처에서 소리도 없이 뛰어내린 자는 은발의 소년 암살자 루아크였다. 알리시아의 전남편을 살해하고, 카슈반 살해를 의뢰받기도 했던 대단한 솜씨를 가진 암살자는 뱅글뱅글 돌고 돌아서 두 사람의 '아들'이 되었다.

"어머, 루아크!"

루아크가 신출귀몰한 것도, 갑자기 등장하는 바람에 주변 사람들이 놀라는 일도 항상 있는 일이었다. 그러나 좋게 말해서 순응성이 좋고, 나쁘게 말해 한없이 둔해 빠진 알리시아가 이렇게 놀라는 일은 별로 없었다.

보기 드문 반응에 루아크를 부른 카슈반이 의아한 듯 고개를 갸웃했다.

"왜 그러지? 알리시아."

"그러니까, 왜 루아크를 부르셨죠?"

"왜라니, 널 방에 들여놓은 게 이 녀석이잖아? 잠들기 직전 기억은 없지만, 혼자 방에 돌아온 후 나는 분명히 방문을 잠갔을 거야."

루아크는 비밀통로투성이인 저택 구조에 정통하고, 장난을 좋아한다. 그런 루아크가 알리시아를 인도했으리라 생각하는 건 자연스러운 일이었다. 그러나 루아크는 히죽 웃으면서 고개를 저었다.

"분명히 협력하라는 말은 들었지만 말이야. 그래도 이 방의 문을 연 사람은."

"접니다."

그렇게 말하며 실내에 들어선 자는 라이센 가 집사로서 모든 방 열쇠를 관리하는 금발 청년이었다.

"트레이스?!"

예상외였는지 카슈반이 눈을 동그랗게 떴다. 그런 카슈반을 보고 소꿉친구는 황송하다는 표정을 지었다.

"제가 알리시아 님을 이 방에 들여보내 드렸습니다. 그…… 오델 후작 부인께서 보낸 편지 내용을 실행할 수 있도록 말입니다."

"실행할 수 있도록이라니. 다시 말해서 알리시아가 내게 키스를 해서 깨우라고 시켰다는 말이냐……?"

불경하기로 이름 높은 카슈반과 달리, 트레이스는 요즘 아즈베르그 지방에서도 보기 드물 정도로 경건한 '날개의 기도' 신자다. 어중간한 성직자보다 청렴하다고까지 평가받는 그라고 생각할 수 없는 행위였다. 트레이스 자신에게도 그런 자각이 있는지 그렇게 말하는 얼굴이 약간 붉었다.

그런데 트레이스는 거기에 그치지 않고 한층 더 그답지 않은 대사를 더듬거리며 입에 담았다.

"그렇습니다. 그…… 그리고, 기정사실을, 만들면, 되는 겁니다."

카슈반이 할 말을 잃은 것은 물론, 공범인 루아크까지 눈을 동그랗게 떴다.

"우와, 어떻게 된 거야? 트레이스 씨. 당신이 그런 말을 쓰다니…… 랄까, 그런 말을 알고 있었구나."

"실례로군요. 저도 그런 말 정도는 알고 있습니다! ……아니, 저에 관한 이야기는 됐습니다. 중요한 건 당신과 마님입니다, 카슈반 님!"

억지로 이야기를 본래 화제로 되돌린 트레이스는 다시금 카슈반을 똑바로 올려다보았다.

"……카슈 님. 당신도 이제, 행복해지셔도 됩니다."

공사 구별을 하기 위해 트레이스는 일부러 평상시에는 주인을 애칭으로 부르지 않는다. 그 애칭으로 주인을 부른 트레이스의 목소리는 매우 상냥했다.

"당신과 마님이 진짜 부부로 맺어지기를 이 저택 사람은 모두 바라고 있습니다. 솔직히 처음에는 미심쩍었지만, 이제 이 저택의 마님으로 알리시아 님 이외에 다른 분은 생각할 수 없습니다. 당신도…… 그렇게 생각하실 겁니다."

실제 나이는 트레이스가 카슈반보다 두 살 위다. 외모상 나이는 완전히 반대지만, 지금 트레이스가 내뿜는 분위기는 포용력 있는 '형' 그 자체였다. 그것을 느낀 듯 카슈반은 내심 거슬리는 표정을 지었다.

그러나 그도 잠시, 카슈반은 곧 입가에 짓궂은 미소를 띠었다.

"기정사실인가. 단어는 알고 있는 모양이지만……. 너, 어떻게 기정사실로 만드는지 알고 있나?"

"옛?"

생각지도 못한 점을 카슈반이 되묻는 통에 트레이스는 깜짝 놀랐다. 카슈반은 히죽거리며, 그런 트레이스를 빤히 바라보면서 거듭 질문을 던졌다.

"공부가 부족해서 미안한데, 사실은 나도 몰라서 말이다. 트레이스, 사소한 부분까지 생략하지 말고 제대로 가르쳐주겠어?"

"거, 거짓말하지 마십시오. 당신이 모를 리 없지 않습니까?! 속이려 해도 소용없습니다. 스스로 강공작이라 이름을 대는 분께서 어째서 알리시아 님에 관한 일이라면 중요한 국면에서 도망치는 겁니까!!"

겨우 어떻게 되받아친 트레이스는 진지한 얼굴이 된 카슈반에게서 알리시아에게로 시선을 옮겼다. 그럭저럭 귀여운 얼굴, 위에서 아래로 어디 걸리는 부분 없이 뚝 떨어지는 밋밋한 체형을 진지한 눈초리로 바라보았다.

"저도 두 분의 감정이 확실해지는 것을 기다리고 싶습니다. 게다가 알리시아 님은 아직 가녀린 소녀. 아즈베르그의 변태라고 불리는 당신과 그, 기정…… 을 만들기에는 부담이 클 겁니다. 가능하다면 앞으로 5년, 아니 10년은 참아주시길 부탁드리고 싶다고 항상 생……."

"누가 변태냐. 너, 점점 어딘가의 음험 안경남을 닮아 가는데?"

카슈반이 바로 최근에 붙여진, 변변치 못한 별명을 지적했다. 그런 남편의 목소리를 들으면서 알리시아는 질문을 던졌다.

"저기 트레이스. 저, 카슈반 님과 기정사실을 만들면 되나요?"

그 말이 끝나기 무섭게, 트레이스도 카슈반도 침묵했다.

"저, 카슈반 님과 가능하다면 헤어지고 싶지 않아요. 진짜 부부가 되기 위해 그것이 필요한 거죠? 자세한 부분까지 생략하지 말고 자세히 가르쳐줄래요?"

"우, 아, 아니…… 저기…… 그건…… 이라고 해야 할까요, 역시 모르시는군요, 알리시아 님……."

얼굴이 새빨개지면서 어딘가 가련하다는 눈을 한 트레이스는 카슈반에게 진언했다.

"카슈반 님, 역시 오백 년 정도는 참고 기다리셔야겠습니다……."

"진정해라, 트레이스. 너는 인간이 몇 년을 살 수 있다고 생각하는 거냐."

다시 한번 지적하는 카슈반의 옆에서 히죽 웃은 루아크가 선생을 자청하고 나섰다.

"그럼 내가 가르쳐줄까? 알리시아."

"어머, 고마워요, 루아크."

솔직하게 감사의 인사를 하는 알리시아를 보고 카슈반은 눈을 크게 떴다.

"……이봐. 기다려라, 루아크. 알리시아에게 뭘 가르칠 생각이냐?"

"물론 기정사실을 만드는 법이지, 형님. 세세한 부분까지 생략하지 않고 실습을 해본다거나, 손과 발, 허리를 이용해서 꼼꼼하게…… 어이쿠!"

말을 끝마치는 것을 기다리지 않고 카슈반이 주먹을 휘둘렀다. 그 주먹을 루아크는 가볍게 피했다.

"화내지 말라고, 형님. 당신도 트레이스 씨도 가르쳐주지 않으니까 내가 가르쳐주려고 했을 뿐이잖아."

웃음기를 머금은 녹색 눈동자를 노려보며 카슈반은 어조를 강하게 했다.

"웃기지 마라. 알리시아가 아무것도 모른다고 해서 그런 짓을 하기만 해봐라. 어떻게 될지는 알고 있겠지?"

"그러면 형님이 가르쳐주면 되잖아. 부부니까 다른 사람 눈치를 볼 필요도 없는데."

바로 반박하지 못하는 카슈반에게 루아크는 타이르듯이 미소 지었다.

"아직도 괴물과 공주님 이야기에 집착하는 거야? 그렇지만 말이야, 카슈반 형님. 형님 눈에 차는 왕자님은 이 세상에 존재하지 않는다고. 원래 남자란 다 변변치 못한 족속이니까."

친형과 사이가 좋지 않다는 상처를 안고 암살자로서 살아온 루아크의 말에는 가벼워 보이는 겉으로 드러난 인상과는 정반대인 무게가 실려 있었다.

"이 녀석도 안 돼, 저 녀석도 안 돼 말하기만 하다가 결국 형님만 남는 게 아닐까?"

주먹을 쥐고 카슈반은 침묵했다.

"—알리시아."

이윽고 낮은 목소리로 이름을 불린 알리시아의 가슴이 두근거렸다.

그러나 그다음에 카슈반의 입에서 나온 말은 지금까지 오가던 대화 흐름과는 전혀 관계가 없었다.

"오늘부터 본격적으로 풍작 기원제가 시작된다. 데려가 주마."

"어머, 정말이신가요?"

호기심이 순간적으로 찾아왔던 '배가 아픈' 감각을 바로 능가했다. 예상대로 눈동자를 반짝거리는 아내의 머리를 카슈반은 매우 상냥하게 쓰다듬어주었다.

"페이트린에서 돌아온 이후로 어딘가에 데려간 적이 없으니까. 화려하진 않지만 무료함을 달래는 데에는 도움이 될 거다. 올해는 또 여러 손님도 불려 왔다고 하니까."

"기뻐요. 고맙습니다. 카슈반 님."

"그래? 그럼 우선 아침을 먹고 출발 준비를 하지. 그럼 나중에 보자."

재빨리 말하고 카슈반은 알리시아에게서 서둘러 손을 뗐다.

그런 카슈반의 치사함을 눈치채지 못하고 알리시아는 천진난만하게 루아크에게 권유했다.

"우후후. 저기, 루아크. 루아크도 함께 갈 거죠? 노라에게도 말해주죠!!"

"……그러네."

다소 질린 기색인 루아크와 '또 그렇게 피해 가시다뇨!'라고 화를 내는 트레이스를 곁눈으로 바라보는 알리시아의 머릿속은 처음 가보는 축제에 대한 일로 꽉 차 있었다.

아직 점심때가 안 되었는데도 강한 술 냄새와 음식 냄새가 여기저기에서 피어오르고 있었다. 악기 소리, 노랫소리, 들뜬 아이들의 환성이 혼란스럽게 마구 뒤섞인 가운데, 한층 더 낭랑하게 잘 울리는 목소리는 어딘가에서 흘러들어온 음유 시인의 목소리일까.

창밖을 바라보며 살짝 안절부절못하던 알리시아는 마부인 로세가 마차를 멈추기가 무섭게 남편의 손도 빌리지 않고 잽싸게 마차에서 내렸다.

"어머, 이것이 아즈베르그의 축제로군요!"

달력상 계절은 아직도 여름이지만 불어오는 쌀쌀한 바람은 가을바람이었다. 그러나 축제가 열리는 큰 광장은 모여든 사람들의 열기가 넘쳐나 그다지 한기가 느껴지지 않았다.

오늘을 위해 세운 몇 개나 되는 나무 기둥이 광장을 둘러싸고 있었고, 기둥 사이에는 색색의 끈 장식이 걸려 있었다. 거기에는 아가씨들이 솜씨를 발휘해 만든, 꽃이나 나무 열매 등을 엮은 둥근 장식품이 늘어뜨려져 있어서, 보는 이의 눈을 즐겁게 하고 있었다.

"벌써 많이 모여 있네. 헤에에. 아즈베르그는 넓은 것치고는 사람이 별로 없는 것 같았는데, 한 장소에 모아놓고 보니 사람 수가 꽤 되는걸."

알리시아와 마찬가지로 주변을 두리번거리는 사람은 얼굴을 넉넉한 두건으로 숨긴 루아크였다. 과거에는 국가의 어두운 부분에 관련된 적도 있었던 그의 존재는 대대적으로 공표해서 좋을 게 없기 때문이다.

"저기, 노라. 노라도 저런 물건을 만들 수 있나요?"

마님 전속 하녀이며, 자칭 카슈반의 애인이기도 한 미인 하녀 노라에게는 이미 충분히 낯익은 광경이리라. 노라는 알리시아의 질문에 특별히 감회가 새로울 것도 없다는 듯이 대답했다.

"마을에 있을 때는 만들었죠. 저걸 얼마나 잘 만드느냐에 따라 그 사람의 손재주가 평가되고, 그에 따라 혼담이 들어오기도 한답니다. 뭐, 저는 그런 일을 하지 않아도 접근하는 남자들이 줄을 이었지만요. 하지만 저는 농민 취향의 아내로 끝날 여자가 아니에요!"

노라는 자랑거리인 붉은 머리카락을 쓸어 올리며, 이것 보라는 듯이 풍만한 가슴을 내밀어 보였다.

그런 노라의 자랑을 매우 자연스럽게 흘려들으며 알리시아는 장식품에 흥미를 보였다.

"다음번엔 저도 만들어볼까요. 하지만 꽃과 나무 열매로는 기분 나쁜 분위기가 부족하네요. 맞다, 주방에 커다란 돼지의 두개골이 있었죠."

"풍작을 기원하는 축제에 이상한 장식품을 내걸지 말아 주세요!!"

공포 소설 마니아이자 기분 나쁜 물건을 엄청 좋아하는 마님에게 주의를 주는 노라의 큰 목소리에 쓴웃음을 지으면서 카슈반도 마차에서 내렸다. 트레이스도 여느 때처럼 곁에서 따랐다.

"아아, 영주님이 아니십니까. 오신다면 연락을 주셨으면 좋았을 것을."

그때 이 마을의 책임자로 보이는 중년 남자가 다가와 카슈반에게 머리를 숙였다.

"신경 쓰지 말게. 그것보다 성황으로 보이니 다행이군. 지금으로써는 대단한 일은 없어 보이는데, 뭔가 보고할 만한 일은 없나?"

"보, 보고할 만한 일 말입니까…… 그것, 이라면……저기."

말하기 어렵다는 듯이 시선을 이리저리 돌리는 남자의 어깨를 갑자기 듬직한 팔이 휘감았다.

흐이익 숨을 삼키는 남자의 어깨를 친근하게 끌어안은 채, 검은 피부를 가진 체격이 좋은 남자가 카슈반을 향해 히죽 웃었다.

"건강해 보이는구먼, 아즈베르그의 변태."

"……발로이. 여전히 귀가 밝군."

검술 스승이기도 한 용병단장의 인사에 카슈반이 한숨을 내쉬자, 발로이 렉산드르는 즐겁게 웃었다.

실딘인과는 명백히 색이 다른 피부, 여름이라고는 해도 날씨가 서늘한 아즈베르그 지방에서 가슴 보호대와 어깨 보호대만을 걸친 간결한 무장. 어느 쪽이든 용병 국가라고 불리는 소국 라그라드르 백성의 특징이다.

아즈베르그 이상으로 척박한 토지에 사는 그들은 국민의 90% 이상이 용병업으로 생계를 유지하고 있다. 가난함에 단련된 강함으로 군사적으로는 중요하게 여겨지지만, 억척스럽고 야비한 점 때문에 실딘 왕국에서는 미움받고 있다.

"그건 그렇고, 책임자 아저씨. 영주님께 보고하고 싶다는 점이 뭐지? 설마 우리에 대해서는 아니겠지?"

"아니, 그게……."

잘 보니 광장 한구석에서는 발로이가 이끄는 용병단으로 추정되는 라그라드르인들이 난동을 부리고 있었다. 주변의 아즈베르그 사람들은 얼굴을 굳히고 있었지만 용병들은 그런 반응에는 익숙했다. 그들은 주변 사람들의 반응을 모르는 척하고 소란을 피우는 데 열중하고 있었다.

"우리는 이 영주님이 불러서 왔다고. 뭐든 사양하지 말고 먹고 마셔도 좋다는 말도 들었어. 그렇지 않으면 아즈베르그의 변태의 의향을 거스를 생각인가?"

"아뇨, 절대 그렇지 않습니다……. 그런 저기, 변태…… 가 아니지! 영주님, 실례하겠습니다."

황망히 자리를 뜨는 책임자를 배웅하며 카슈반은 발로이를 가볍게 노려보았다.

"누가 변태냐. 멋대로 정보를 가공하는 짓은 그만두라고 했을 텐데."

"자자, 그런 사소한 일에는 신경 쓰지 말라고. 어이쿠 아가씨, 오랜만이네."

덥수룩하게 수염이 자란 얼굴로 방긋 웃으며 인사를 한 발로이에게 알리시아도 드레스 자락을 잡고 인사를 했다.

"오랜만이시네요, 렉산드르 자작님. 레네도."

레네라고 알리시아가 부른 것을 듣고 발로이가 가볍게 눈을 크게 떴다. 그의 곁에는 어느샌가 거의 백발이라고 해도 좋을 짧은 머리카락에 체구가 작은 용병 소녀가 서 있었다.

레네가 소녀라는 사실을 알 수 있는 사람은 잘 아는 사이인 사람뿐이리라. 알리시아 이상으로 평평한 가슴을 가진 레네는 무표정도 한몫 더해서 언뜻 보기에는 소년으로 보였다.

"오랜만입니다, 알리시아 님. 그 뒤로 라이센 강공작과의 러브르브는 어떻게 돼가고 있습니까?"

발로이가 자신을 거두어 줬다는 은혜 때문일까, 레네는 발로이에게 호감을 품고 있다. 그래서 이전부터 다 장래를 위해서라며 라이센 부부의 부부생활을 참고하고 싶어 했다.

"예. 오늘도 에르티나 님이 말씀하신 대로 카슈반 님의 방에 숨어들어 가 읍읍."

도중에 카슈반이 알리시아의 입을 막았지만 때는 이미 늦었다. 발로이는 어딘가 기품 없는 미소를 띠고 있었다.

"방에 숨어들어 갔다고? 아가씨, 의외로 적극적이네."

"……발로이!"

"그러니까 그렇게 사소한 일에는 신경 쓰지 말라니까. 흐응. 그런데 에르티나 님이 말씀하신 대로, 인가. 카슈반, 일단 묻겠는데 그 오델 대후작 각하와는 지금 어떤 관계지?"

발로이의 탐색에 카슈반은 작게 숨을 내쉬었다.

"어차피 다 조사해두었잖아. 알다시피 페이트린에서 매복한 데에 당해서 서로 좀 치고받았다. 오델 후작 부인이 알리시아에게 편지를 보내는 건 사실이지만, 책벌레끼리 마음이 맞았을 뿐이야. 책 취향은 서로 다르다고 생각하지만."

우선 일단은 견제를 해둔 뒤, 카슈반은 입술 끝을 끌어 올리며 차갑게 웃었다.

"걱정하지 않아도 네가 무척이나 좋아하는 오델 후작 각하는 나도 여전히 엄청 좋아한다. 너무 좋아해서 지금 당장에라도 내 손으로 죽여 버리고 싶을 정도야."

"하하, 그것참 우연이로군. 나도 치가 떨릴 만큼 오델 후작을 좋아하거든. 그럼 언제 우리 같이 죽이러 갈까?"

똑같이 미소를 짓는 발로이를 레네가 지그시 올려다보았다.

"발로이 님. 저도 발로이 님을 죽을 정도로 좋아합니다. 결혼해주십시오."

"어이쿠, 거유 하녀. 인사해야 하는데 잊었네. 잘 지냈나?"

차가운 미소를 짓다가도 표정을 싹 바꾸며 입가를 헤벌쭉 벌린 발로이는 멋지게 레네를 무시했다. 발로이가 말을 걸자 노라가 진심으로 싫어하며 얼굴을 찡그렸다.

"당신 얼굴을 본 순간, 기분이 확 나빠졌습니다. 뭣보다 낮부터 대체 무슨 소리를 하는 거예요!"

"그게 말이야. 내가 아무도 모르게 붙여준 별명을 레네가 다 들통 냈다고 들어서 말이지. 그래도 나는 섬세하니까 네가 싫어할 것 같아서 부르면서도 괴로워했다고. 하지만 잘 생각해보니 네가 날 좋아하는 것 같지도 않으니 차라리 당당하게 부르자고 생각했지."

"그 입 다물어요! 다음에 또다시 그 별명으로 부른다면 두 번 다시 말도 섞지 않을 거예요!! ……아아 진짜, 카슈반 님. 이런 남자들을 모처럼의 축제에 초대하다니 대체 무슨 생각이시죠?!"

조금 전 축제의 책임자도 아마 같은 말을 하고 싶었으리라. 그러나 카슈반은 천연덕스러운 얼굴로 대답할 뿐이었다.

"무슨 생각이라니, 초대한 게 잘못인가? 알다시피 아즈베르그와 라그라드르는 여러모로 교류가 있다. 1년에 한 번 있는 축제에 초대하는 정도는 괜찮잖아."

"자, 잘못이라고는 하지 않았습니다만……그래도."

대의명분을 들이대자 반박하기 힘들어졌는지 노라가 입을 우물거렸다. 그런 노라에게 발로이는 히죽 웃어 보였다.

"그런 얼굴 하지 말라고, 노라. 우리도 접대로 불려왔다는 거 다 안다고. '날개의 기도' 교단이니 왕가니 오넬 후작이니, 사방이 다 적인 영주님으로서는 우리 라그라드르 용병단까지 무시하면 좀 힘들 거 아냐."

카슈반의 속셈은 다 알고 있다고 말하고 싶은 것처럼, 그는 능숙하게 한쪽 눈을 찡긋해 보였다.

"라고는 해도 돈이나 선물만 보내놓고 땡이 아니라, 지역 축제에까지 불러주는 실딘인은 거의 없어. 그러니 한껏 즐기고 소란을 피워주겠어. 낮에는 여기서. 밤은 노라, 네 방에서 말이야."

"아아아, 또 그런 소리를! 그러니까 오지 말았으면 하는 거예요!!"

노라가 꺅꺅 아우성치며 한층 더 뭐라고 되받아치려고 했을 때, 발로이 옆에 홀연히 하나의 그림자가 더 생겨났다.

약간 긴 은색의 머리카락과 몸의 선을 드러내는 듯한 검은 복장을 한 그는 인상이 루아크와 매우 닮아 있었다. 약간 긴장한 듯한 표정의 청년은 천천히 말을 꺼냈다.

"루아크."

"어라, 제다 씨! 깜짝 놀랐네. 만나는 건 오랜만이지?"

루아크, 레네, 루아크의 형을 사칭했던 제다. 세 사람 다 과거 실딘 왕가와 '날개의 기도' 교단이 공모해서 만든 '장난감 군대', 혹은 '날개의 수호'라고 불리던 조직 출신이다. 암살술에 능하고 일반인을 훨씬 뛰어넘는 몸놀림이 특징이었다.

엘릭스 바스틀에게 고용되었던 제다는 배후에 숨었던 지스칼드 오델에게 엘릭스와 함께 버림받았다. 그 이후, 레네의 중재로 발로이 용병단에 들어갔다. 알리시아는 그 이후 일은 듣지 못했기에 무사한 모습을 확인할 수 있어서 기뻤다.

"어머, 제다. 오랜만이에요. 다행이네요. 아직 지스칼드 님에게 살해당하지 않았네요."

알리시아가 아슬아슬하게 비아냥거림과 걱정하는 말의 경계선에 걸친 말을 하며 미소를 지으니 제다의 시선이 무언가를 찾는 듯 허공을 헤맸다.

"아, 아아······알리시아 님, 그, 오랜만입니다. 어 그러니까······ 변함없이 멋진 몸을 하고 계시네요."

고개를 갸우뚱하는 알리시아의 옆에서 카슈반이 갑자기 험악한 표정을 지었다.

"······이봐, 제다. 네놈 대체 무슨 생각이냐. 사람이 동정 좀 해줬다고 기고만장해져서는."

카슈반이 추궁하자 제다는 갑자기 낭패스러운 기색을 보이기 시작했다.

"앗, 아······ 발로이 님이, 오랜만에 만난 여성에게는 이렇게 말을 걸면 된다고······."

"아아. 발로이 아저씨가 가르쳐준 말인가."

트레이스와는 조금 의미가 다르지만, 제다의 입에서 나오리라고는 생각도 못 한 말의 출처를 듣고 루아크가 수긍한 표정을 지었다.

"제다 씨는 말이야. 나한테 보내는 편지에 쓰는 내용도 발로이 씨에게 의견을 구하고 있지? 뭐, 처음보다는 훨씬 나아졌지만 슬슬 놀림당하는 걸 눈치채는 편이 좋지 않나?"

"어머, 루아크도 제다와 편지를 주고받고 있나요?"

옆에서 듣고 있던 알리시아에게 '가끔 세이그람 씨를 통해서 편지가 오거든'이라고 루아크가 설명했다. 그 말을 들은 제다가 풀이 죽은 얼굴을 했다.

"……미안하다."

노골적으로 풀이 죽은 제다를 보고 루아크가 쓴웃음을 지었다.

"아니, 별로 상관은 없어. 제다 씨도 의외로 마음이 약하달까, 사람을 대하는 게 서투르죠?"

루아크의 형인 '사이드'의 흉내를 내고 있을 때는 이기적이고 잔혹한 인상뿐이었던 제다는 지금은 사람과의 교류에는 익숙지 않은 듯 언동이 부자연스러웠다. 아마도 '장난감 군대'가 해체된 후에도 고독한 암살자로 살아온 탓이리라.

"뭐, 우리 같은 인간은 사람과 사귈 수 있는 경험이 별로…… 아ㅡ, ……아냐, 아무것도 아냐."

"미안하다."

"그러니까 뭐라고 나무라는 게 아니라니까. 싫다아. 그렇게 고개를 꾸벅꾸벅거리는 모습이 왠지 엘릭스 씨 같아…… 어이쿠."

지금까지의 경위를 생각할 때, 공통된 화제를 고르기 힘들어서이리라. 보기 드물게 루아크가 말끝을 흐렸다.

제다는 그런 그를 슬픈 눈으로 힐끗 쳐다보았다.

"……루아크, 이제는 '형'이라고는 불러주지 않는가?"

"……어, 그게."

가장 거북한 화제를 제다가 먼저 들고나오니 루아크도 진지하게 대답할 수밖에 없었다.

"―그게 말이지. 형이라고 부르는 사람을 정하는, 나름대로 내 기준이 있거든. 제다 씨는 내 형이 되기에는 너무 정상적이라고, 그러니까 제다 씨로 충분하다고 전에도 말했지?"

"……호오, 그런 기준으로 호칭을 정하는 거냐? 루아크."

"엇? 뭔가 불만이라도 있나요? 카슈반 형님임."

석연치 않은 듯한 기색의 카슈반에게 루아크는 방긋 웃었다.

그것을 본 제다도 카슈반에게 뭔가 말을 해야겠다고 생각했으리라.

"아아, 오랜만입니다. 어 그러니까…… 아버, 지."

하고 많은 말들 중 '아버지'라는 한마디에 그 자리의 공기가 얼어붙었다.

카슈반 옆에 대기하던 트레이스는 노라와 함께 새파랗게 질렸고, 카슈반은 완전히 무표정한 얼굴이 되었다. 발로이조차도 어이쿠라는 얼굴을 하고 있었다.

"……? 루, 루아크. 내가 또 무슨 실수를 했나? 레네가, 나는 라이센 강공작의 두 번째 아들이 되었다고 가르쳐줘서……."

"어 그러니까, 응. 화제 자체는 잘못되지 않았는데 말이지. 이 사람에게 그 호칭은 아직 여러 가지 의미로 좀 힘들거든."

낭패스러워하는 제다를 우선 루아크가 달랬다. 그때 알리시아는 이전에 에르티나가 보낸 편지를 떠올렸다.

"저기 카슈반 님. 기정사실도 좋지만 그보다 먼저 아이를 만들지 않으시겠어요?"

배우기는 했지만 아직 써먹어 본 적이 없었던 말을 알리시아가 입에 담자, 이번에는 제다와 루아크까지도 굳어버렸다.

"아아, 무척 좋은 생각입니다. 라이센 강공작. 부부의 유대는 아이를 가지면 한층 더 깊어질 겁니다. 그리고 발로이 님, 우리는 먼저 결혼을 하죠."

그 얼어붙은 공기 속에서 발언할 수 있는 또 한 명, 레네가 무신경한 위로를 던지며 발로이에게 압박을 가했다. 그 말을 듣고 발로이가 입을 열었다.

"아가씨, 기정사실을 만들지 않고는 아이를 만들 수 없어. 왜냐하면."

"……우선 발로이와 레네는 당장 입 다물도록 해."

자신에게 불똥이 튈까 우려했을까. 카슈반은 이야기의 화제를 돌리고자 발로이를 노려본 후, 떫은 얼굴로 알리시아를 바라보았다.

"알리시아, 그게 말이지……. 언젠가는 말하려고 생각하긴 했지만, 오델 후작 부인과 시간 때우기로 지속하는 교류는 슬슬 그만두지 않겠어?"

"어머, 죄송해요. 신경에 거슬리시나요? 앞으로 편지를 주고받는 일은 그만둘까요……?"

알리시아도 지스칼드와 카슈반의 사이가 좋지 않다는 사실 정도는 알고 있었다. 카슈반을 화나게 했을까 싶어서, 바로 사과했다.

"아니, 신경에 거슬린다고 해야 할까…… 그저 이런 부부간의 미묘한 문제를 한낮부터 다른 사람들 앞에서 이야기하는 짓은 삼가고 싶어서 말이야."

화제가 화제인 만큼 태도가 미적지근한 카슈반의 말에 발로이가 끼어들었다.

"하하, 뭐냐 카슈반. 여전히 빈유 유아체형인 아내에게 해롱거리고 있냐? 네 취향은 뒤탈이 없는 연상의 물장사하는 여자라고 생각하고 있었는데."

"……입 닥치라고 말했을 텐데, 발로이."

카슈반이 떫은 얼굴을 해도 발로이는 거침이 없었다.

"영주님의 2세를 여기저기에 양산하면 곤란하니까, 자기 분수를 잘 아는 여자가 아니면 함부로 상대할 수 없지. 그런데 원래 그런 여자만 상대하는 녀석이야말로 아가씨처럼 순진무구한 상대에게 푹 빠지면 더 무섭다고. 뭐, 네 기분도 모르는 건 아니다. 여러 가지 일이 있었으니까."

발로이도 카슈반의 성장 과정에 대해서는 어느 정도 알고 있으리라. 의기양양한 얼굴로 고개를 끄덕이는 모습을 카슈반은 불쾌한 듯이 쳐다보았다.

"너야말로 어떠냐, 발로이. 거유를 좋아한다는 건 알지만, 옆에서 결혼하자고 압박하는 저 빈유는 어쩔 생각이지? 레네는 널 진지하게 좋아한다고."

이번에는 발로이가 침묵했다.

그리고 그는 커다란 손으로 퐁 레네의 어깨를 두드렸다.

"자, 레네. 나는 공짜 술을 마시러 갈 건데, 너는 어떻게 할래?"

"함께 가겠습니다. 그리고 당신과 결혼할 겁니다."

"결혼은 하지 않겠지만, 술 마시러는 같이 가마. 그럼, 카슈반, 아가씨, 노라. 내 부하들에게는 최소한의 예의는 지키라고 따끔하게 말해놨으니까 안심해도 좋다고."

제자와 여성의 이름만을 확실히 부른 후, 발로이는 레네를 데리고 들떠서 마구 소란을 피우는 부하들 쪽으로 가버렸다.

"과연 카슈반 형님의 스승인걸. 말을 어물쩍 넘겨버리는 방식이 똑같아."

루아크가 재빨리 야유를 던졌고, 노라는 용병단과 합류하는 발로이와 레네를 차가운 눈으로 바라보았다.

"……아무리 자기 취향이 아니라고 해도 결혼하자고 말하는 여자에게 저런 태도를 취하다뇨. 레네는 분명히 겉보기에는 그저 남자아이로밖에 안 보이니, 알기 쉽다면 알기 쉽지만요."

"취향이 아닌 여자가 호의를 품고 가까이 다가올 때, 완전히 무시해주는 태도도 어떤 의미로는 다정한 거야. 그 호의를 이용해 일단 한 번 먹어보자는 패들도 꽤 많으니까. 뭐, 레네 본인은 그래도 저 아저씨가 좋다고 말할 테니 별수가 없지만."

발로이를 감싸는 것 같기도 하고 아닌 것 같기도 한 말을 하고 난 루아크는 제다에게 권했다.

"제다 씨. 어차피 저 아저씨가 술 마시면서 야단법석 떠는 거, 아직 익숙하지 않잖아? 그러니까 우리끼리 축제라도 돌아보자. 그 전에, 혹시 무슨 일이 생길지 모르니까 얼굴 가릴 거를 조달하고 가자."

제다가 아무 대답도 하지 않고 있는데, 루아크는 그의 손을 잡아당기며 걷기 시작했다.

"그럼 카슈반 형님, 방해꾼은 사라져줄게. 트레이스 씨도 노라를 꼬셔보면 어때?"

부부 두 사람만의 시간을 만들어줘라, 암암리에 그런 뜻을 풍기며 전직 암살자들은 축제로 떠들썩한 거리로 섞여 들어갔다. 그 모습을 바라보며 트레이스는 결의를 다진 표정으로 입을 열었다.

"……노라."

"싫어요, 쫓겨나지 않겠어요!"

정신없는 틈을 타서 노라는 카슈반의 팔에 매달려, 알리시아와 둘만 놔두지는 않겠다는 듯이 목소리를 높였다.

이 광경은 요전에 에르티나가 카슈반을 끌고 산책에 나섰을 때와 구도적으로는 똑같았다. 하지만 노라를 상대로는 '뱃속이 꿈틀거리는' 느낌이 들지 않는다고 알리시아는 생각했다. 트레이스는 그런 생각을 하는 알리시아의 시선을 신경 쓰면서 열심히 노라를 설득했다.

"상대가 나라서 미안하지만…… 노라, 너도 슬슬 카슈반 님을 포기하는 게 어떻겠어? 미안한 말이지만 이대로는 이분의 정실은 물론, 정식 애인도 되지 못할 거야."

자칭 카슈반의 애인이라는 노라에게 실제로는 카슈반이 애인에게 하는 것 같은 그 어떤 행동도 하지 않고 있다는 사실은 알리시아 이외에는 모두가 알고 있었다.

약간 기가 꺾인 것 같은 노라의 팔을 카슈반이 천천히 떼어냈다.

"노라. 트레이스가 말하는 대로다. 재산을 목적으로 한다는 정말로 알기 쉬운 네 태도를 좋게 생각해서 지금까지는 너 좋을 대로 그냥 놔뒀다만, 이 이상은 네 미래를 위해 도움이 되지 않아."

놀리는 기색도, 장난치는 기색도 없다. 어디까지나 진지한 그 말에 노라는 분하다는 듯이 입술을 깨물었다. 반항적인 빛이 담긴 눈을 지그시 바라보며 카슈반은 고했다.

"아마도 앞으로 몇 년이 지나도, 나는 알리시아를 생각하는 만큼 너를 생각하지 않을 거다."

그렇게 단언하자 노라가 가슴을 비수로 찔린 듯한 얼굴을 했다. 반면 알리시아는 '배가 아파' 와서 얼굴을 붉게 물들였다.

"거기다 너 자신의 마음도 많이 바뀌었을 거다. 시시한 고집 부리지 말고 솔직해지는 게 어때?"

"뭐…… 뭔가요, 새삼스럽게……. 흥, 카슈반 님이야말로 그렇게까지 마님을 연모하고 계신다면 좀 더 솔직해지심이 어떤가요? 대부분 핵심에서 빗나가지만 마님이 적극적으로 대시하고 계시잖아요."

노라가 그렇게 되받아치자 카슈반은 순간, 아차 싶은 얼굴을 했다. 그러나 노라도 거기서 더 깊이 파고들어 봤자 자신에게 아무 도움이 되지 않는다고 판단한 모양이었다. '뭐, 부부의 일은 아무래도 좋지만요'라고 이야기를 흐지부지 끝냈다.

"그러니까 트레이스를 선택하라는 말씀이신가요? 라이센 가 집사로까지 출세했다고는 해도 원래 농민 출신인 트레이스를 요?"

밉살스러운 말을 들어도 굴하지 않고, 트레이스가 다시 설득하기 시작했다.

"내가 아니라도 상관없어. 너를 행복하게 해줄 남자라면 누구라도 좋아. 그래, 레이덴 백작도 축제에 초대받으셨으니 내일이라도."

"아무리 레이덴 가 후계자라고 해도 왜 내가 풋내 나는 도련님을 선택해야 하죠?! 뭣보다 이런 축제, 아즈베르그 출신인 제게는 별로 신기할 것도 없다고요?!"

그런데 왜 내가 티르나드 레이덴과 축제 분위기에 들떠야 하느냐.

노라는 틀림없이 그렇게 말하고 싶었으리라. 그러나 불현듯 머리 위로 드리워진 그림자에 흐익 목을 울렸다.

"나는, 매년, 즐겁다."

"어머, 디네로 님, 거기다 리드렉도 오랜만이에요."

옅은 금발에 하얀 망토. 이목구비는 놀랄 정도로 단정했지만,

말이 거의 없고 무표정하다는 점 때문에 어딘가 기분 나쁜 인상도 강한 미청년.

카슈반보다 한층 더 큰 키를 자랑하는 디네로 아즈베르그의 무기질적인 미모를 올려다보며 알리시아는 생긋 미소를 지었다. 디네로의 곁에서 아즈베르그 가의 가령(家令)인 리드렉이 깍듯하게 머리를 숙였다.

"오랜만이군, 알리시아. 만나서, 기쁘다."

디네로도 입가를 아주 살짝 끌어 올리며 알리시아의 인사에 응했다. 평상시에 표정을 바꾸는 일이 거의 없는 그에게는 최고로 환하게 웃는 얼굴이었다.

가문의 이름을 실던 왕국 각 지방의 이름으로 삼고 있는 지방백들. 과거에는 영주님이었던 이들은 하극상의 기운에 휘말려 대부분 지위를 잃고 몰락했고, 영주의 자리는 농민층에서 성장한 신흥 귀족들이 차지했다.

몰락한 페이트린 지방백의 피를 이은 알리시아와 마찬가지로 몰락한 아즈베르그 지방백의 피를 이은 디네로는 그런 의미에서 동지였다. 두 사람은 빈곤 천연 지방백끼리 묘하게 마음이 맞았다.

"카슈반 님, 디네로 님도 초대하셨나요?"

"……일단, 이 지역 축제니까. 뭐, 내버려 뒤도 알아서 왔겠지만."

환한 미소를 띠는 알리시아와 비교해 카슈반은 그다지 내키지 않는다는 듯이 대답했다.

"잘 지냈나? 알리시아."

"예. 디네로 님은요?"

"나도다."

"어머, 다행이네요."

아무 발전도 없는 대화였지만, 당사자들은 꽤 즐거운 모양이었다. 거기에 카슈반이 끼어들었다.

"……오랜만이군, 디네로."

무난한 인사를 건넸지만 카슈반의 눈은 매우 날카로웠다. 그러나 응대하는 디네로의 태도는 변함이 없었다.

"그렇지도, 않지. 며칠 전에, 만났으니까."

"아아, 축제에 관해 협의할 게 있어서였지. 뭐, 그런 건 아무래도 좋다. 그건 그렇고 내 아내에게 무슨 볼일이지?"

퉁명스러운 카슈반의 말이 마음에 걸려 이번에는 알리시아가 참견했다.

"어머, 카슈반 님. 디네로 님과 축제에 관해 협의하셨나요? 다른 분들께는 기대지 않고 영주의 힘만으로 축제 준비를 지휘하시겠다고 하셨잖아요?"

카슈반의 아버지, 레디오르 하르바스트가 통치에서 손을 놔버린 덕분에, 아즈베르그에서는 오랫동안 영주를 빼고 일을 진행하는 것이 관습이 되어버렸다.

풍작 기원제도 그중 하나였다. 또 지금이 기회라는 듯 분위기에 편승한 '날개의 기도' 교단이 몇몇 귀족과 결탁해 축제를 위해서라며 책정되지도 않은 세금을 걷고 있기도 했다.

"라이센에게, 이름을, 빌려달라고, 부탁받았다."

지나칠 정도로 담백한 디네로의 말에 카슈반은 한숨 섞인 목소리로 부연 설명을 덧붙였다.

"……벼락출세한 영주의 명령에는 순순히 고개를 끄덕이지 않는 녀석들이 많아서 말이야. 그런 녀석들이 껌뻑 죽을 이름을 이용했을 뿐이다."

자조 섞인 설명을 표면적인 의미 그대로 받아들인 알리시아는 디네로에게 고개를 꾸벅였다.

"어머, 그러셨군요. 저희 서방님 일을 도와주셔서 감사합니다. 디네로 님."

감사 인사를 받은 디네로는 천천히 주위를 둘러보았다. 세 사람의 이 보기 드문 조합에 호기심이 자극당한 듯 농민 몇몇이 세 사람을 힐끔힐끔 쳐다보고 있었다. 자신들을 쳐다보는 디네로의 시선에 그들은 허둥지둥 얼굴을 돌렸지만, 디네로는 신경 쓰는 기색이 없었다.

덧붙여 리드렉이 '주인님들께서 이야기하시는 데에 방해가 됩니다'라며 대꾸할 여지조차 주지 않고 내쫓는 바람에 노라도, 트레이스도 조금 떨어진 곳에 있었다. 두 사람 다 어딘지 정체를 알 수 없는 분위기인 디네로가 약간은 무서운 모양이었다. 디네로의 시선이 두 사람에게로 향하는 순간, 하나같이 시선을 돌렸다.

"이곳은, 오락거리가, 적다. 축제는, 커다란, 오락이지. 성공한다면, 모두, 즐거워할 거다."

과거 영주 가문의 후예라는 자각이 뚜렷한 디네로는 시계 공작이라는 별명이 붙을 정도로 매일, 정해진 시각에 좁은 영지를 돌아보는 남자다. 뛰어난 미모와 무표정한 얼굴 때문에 감정이 없는 듯 보이기도 하지만, 영민을 생각하는 마음은 어떤 의미로는 카슈반보다 훨씬 강했다.

"그러네요. 다들 무척 즐거워 보여요."

똑같이 주변을 바라본 알리시아가 낙천적으로 웃자 불현듯 디네로가 커다란 손을 뻗어왔다.

한순간, 카슈반은 움찔하며 숨을 삼켰다. 그러나 디네로가 알리시아의 머리에 손을 대고 황갈색의 머리카락을 엉망으로 만들며 쓰다듬는 모습을 카슈반은 물끄러미 바라보며 움직이지 않았다.

"너도, 즐거운가?"

"예. 무척 즐겁답니다."

"그렇다면, 다행이군."

한차례 알리시아의 머리를 부스스하게 만든 디네로는 손을 거두고, 얼굴을 굳힌 카슈반에게 새삼스럽게 대답했다.

"이게, 볼일이다."

"……그런가."

타는 듯한 빛을 담은 눈을 살짝 내리깔며, 카슈반은 혼잣말처럼 중얼거렸다.

그런 남편을 보고 있는 사이, 알리시아의 뇌리에 '기회가 있다면 한번 말해보라'며 에르티나가 가르쳐준 말이 떠올랐다.

"맞다, 카슈반 님. 오락이라고 하면 카슈반 님은 말 타는 걸 좋아하시죠?"

"……아아, 싫어하지는 않지."

알리시아가 이미 지나가 버린 감이 없지 않은 화제로 이야기를 꺼내는 바람에 카슈반은 약간 놀란 듯했다. 그런 그에게 개의치 않고 알리시아는 이렇게 권했다.

"괜찮으시다면 나중에 저와 타실래요?"

"딱히 상관은 없지만…… 너, 말을 탈 수 있냐? 아니, 승마는 귀족의 필수 소양이지."

운동 신경이 전무하다는 생각이 드는 아내의 뜻밖의 제안에 카슈반은 의아해하면서도 동의해주었다.

그러나 알리시아는 그 시점에서 자신의 잘못을 알아차렸다.

"아, 틀렸다. 음 그러니까, 제 위에 타지 않으실래요?"

그 말에 카슈반은 물론이고, 디네로마저 침묵했다. 알리시아는 곤혹스러운 얼굴을 했다.

"어머나? 이상하네요. 에르티나 님은 이 말 하나로 전부 통할 거라고 하셨는데……. 저, 이건 부부간의 미묘한 문제와는 관계 없는 말이죠? 카슈반 님."

아무래도 이 말을 꺼낸 것은 좋지 않았던 것 같다. 그 사실을 알아차린 알리시아는 머뭇머뭇 카슈반의 얼굴을 올려다보았다. 그런 카슈반의 입에서는 억양이 거의 없는 목소리가 흘러나왔다.

"―알리시아. 나는 잠시 축제의 상황을 보고 오겠다."

그대로 등을 돌린 카슈반은 막 생각났다는 듯이 디네로를 힐끗 쳐다보았다.

"디네로. 경비를 단단히 해뒀으니 괜찮을 거라고 생각하지만, 알리시아에게서 눈을 떼지 마라. 그럼 나중에 보지."

"아, 카슈반 님…… 꺅!"

초조해져서 남편을 제지하려던 알리시아의 시야가 갑자기 높아졌다.

아무 말 없이 손을 뻗은 디네로가 뒤에서 알리시아를 안아 올렸기 때문이다.

"떨어지지 말라고, 말했다."

역시 담담한 디네로의 설명에 카슈반의 어깨에 들어갔던 힘이 빠져나갔다.

"……그렇군. 그럼, 잘 부탁한다."

미련을 뿌리치듯이 말하고는, 카슈반은 그대로 가버렸다.

"그러고 보니 그건 '두 사람만의 세계 밤 편'에 나오는 대사였죠……."

너무 앞서 나갔다고 반성하는 알리시아를 안은 채로, 디네로는 축제의 책임자에게 말을 거는 카슈반을 바라보고 있었다.

"라이센은, 왜 그러지? 상태가, 이상해."

"……그러네요. 아마도 저 때문일 거예요."

"너, 때문?"

"저…… 카슈반 님이 좀 더 저를 좋아해 주셨으면 좋겠는데 그게 잘 안 돼서요."

널 좋아한다.

페이트린 저택에서 카슈반은 분명히 그렇게 말했다.

하지만 그 뒤, 이렇게 말을 덧붙였다. 좋아하니까, 사랑하니까 이 이상은 바라지 않는다고.

"얼마 전부터 에르티나 님께 이것저것 배워서 카슈반 님이 저를 좀 더 좋아해 주실 수 있도록 노력하고 있어요. 하지만 오히려 카슈반 님의 신경을 건드리는 것 같아요……. 요즘에는 축제 준비로 바빠서서 좀처럼 만나 뵐 수도 없어서 단숨에 너무 앞서 나가버렸어요……."

좋아한다고 말하면서 이별의 기운을 풍기는 최악의 남자에게는 좀 더, 그리고 앞으로도 계속 당신을 좋아하게끔 만들어야 해요.

그런 에르티나의 지시 하에 알리시아가 이것저것 획책해도 카슈반은 조금도 그럴듯한 반응을 보이지 않았다. 마찬가지로 편지 친구인 시이르에게서 얻은 정보에 따르면, '설탕 과자처럼 혼을 녹일 정도로 감미로우며, 그러면서도 청명한, 눈부시게 빛나는 날개에도 필적할 만한 힘으로, 산 채로 더 높은 나라로 데려가 줄 강렬한 입맞춤'을 해줄 터인데…….

"그 녀석은, 너를, 좋아한다, 그건, 틀림, 없어."

알리시아에게로 시선을 되돌리면서 디네로는 단언했다.

"너도, 그 녀석을, 좋아하지?"

"예, 물론이에요. 카슈반 님은 저의 이상적인 서방님이신걸요."

부자에 관용적이고 상냥한 나의 이상적인 서방님.

두 번째 남편에 대한 알리시아의 변함없는 평가를 듣고 디네로의 눈이 희미하게 빛났다.

"알리시아."

"예…… 앗."

이름을 불리는 바람에 알리시아는 이번에는 트레이스에게 뭔가 보고를 받는 카슈반에게서 디네로에게로 눈을 돌렸다. 그 순간, 알리시아는 저도 모르게 몸을 약간 움찔하고 말았다.

너무 단정해서 인간이라기보다는 조각에 가까운 미모가 무서울 정도로 진지하게 알리시아를 바라보고 있었다.

"너는, 라이센을, 좋아하나?"

"네? 아, 예. 그, 그렇답니다."

아무런 나쁜 짓도 하지 않았는데 대체 왜일까? 책망당하는 느낌이 들어 알리시아는 약간 빠른 어조로 대답했다.

"나도, 좋아하는가?"

"어……, 예, 좋아하는데요."

지금은 왠지 평상시 디네로가 아닌 듯하지만. 그렇게 생각하면서 대답하자, 디네로는 한층 더 이렇게 물어왔다.

"나보다, 라이센이, 더 좋은가?"

"예……?"

말이 목에 걸렸다.

두 사람을 비교한 적은 없었다. 아니, 누구도 '좋아하는 감정'의 정도를 비교한 적이 없으리라.

카슈반을 좋아한다. 디네로도 좋아한다. 노라도, 루아크도, 트레이스도, 티르나드도, 세이그람도, 로세도, 단도, 세일러도, 리드렉도, 엘릭스도, 제다도, 시이르도, 에르티나도, 키리안도 좋아한다. 지금은 돌아가신 부모님은 말할 것도 없다. 지스칼드마저도 조금은 무서웠지만 싫어하냐고 물어본다면 그렇지는 않다……

선택하는 입장에 서본 적이 없었다.

언제나 그저, 거기에 있는 걸 그대로 받아들이는 것이 당연했다.

"그런…… 비교하다니, 실례예요……."

알리시아로서는 제대로 대답한 셈인데, 디네로는 가차 없이 거듭해서 질문했다.

"다른, 그 누구보다도, 라이센을, 좋아하는가? 라이센을, 특별히, 더 좋아하는가?"

"저…… 는."

카슈반 님 못지 카슈반 님을 좋아하겠다. 얼마 전에 알리시아는 카슈반에게 그렇게 말했다.

하지만 그 '좋아하는' 것은 지금 디네로가 묻고 있는 '특별하게' 좋아하는 것과는 분명히 다르다. 그 차이가 무엇인지 시집오기 전이라면 아마도 알지 못했으리라. 그러나 지금의 알리시아는 어렴풋하게나마 이해할 수 있었다.

하지만 이해할 수 있으니까 '특별하게'라는 말이 가진 울림이 무서웠다.

특별. 유일. 절대. 오직 하나.

그것들이 갖는 사치스러움.

줄곧 알리시아가 피해왔던 것.

"저는 카슈반 님께 사랑받을 필요가, 있습니다. 그……그게, 저는 그분께 팔려 왔으니까요……. 카슈반 님이 저를 마음에 들어 하시지 않으면, 그, 곤란하답니다……."

디네로의 독특한 어조가 옳은 듯이, 알리시아는 고개를 숙인 채 어색하게 이야기를 이어나갔다. 알리시아의 목소리를 디네로는 말없이 듣고 있었다.

"하지만…… 저는…… 그럴 필요가…… 없답니다. 저는…… 카슈반 님을, '특별하게' 좋아하지 않아도…… 물론 좋아하긴 합니다. 하지만……."

"곤란한, 건가?"

디네로가 작게, 알리시아가 한 말의 일부를 복창했다.

"슬픈, 것이 아니라, 곤란한, 건가?"

"……네? 예, 예에……."

그것이 무척 중요한 일이라는 듯이 반복하는 디네로의, 왠지 차가워 보이는 얼굴을 알리시아는 당혹스러운 눈으로 바라보았다.

"라이센."

메마른 디네로의 목소리가 카슈반을 부르는 소리에 움찔 몸이 굳었다.

어느샌가 돌아와 있었으리라. 트레이스를 대동한 카슈반이 바로 옆에 서서 말없이 이쪽을 바라보고 있었다.

트레이스는 이미 눈을 감고 양손을 꼭 쥔 채, 기도할 태세를 취하고 있었다. 그 옆에서 카슈반은 선물하려고 샀는지 구운 과자가 든 작은 주머니를 손에 들고 있었다. 그러나 손가락은 삐걱거리는 소리가 들릴 듯이 강하게 주머니를 꽉 쥐고 있었다.

"카, 카슈반 님, 저⋯⋯기, 빠, 빨리, 돌아, 오셨네요⋯⋯?"

결국 눈에 보이는 범위에서 벗어나지 않았던 남편의 귀환에, 알리시아는 일단 그렇게 말해보았다. 카슈반의 미간에 주름이 한층 더 깊어졌다.

그때였다.

축제의 소란스러움과는 명백히 종류가 다른 술렁거림이 광장을 감쌌다.

떠들썩한 축제의 장에 난데없이 눈사태처럼 밀려들어 온 것은 무장한 병사들이었다. 대부분이 실딘인이었지만 일부 라그라드르인으로 보이는, 검은 피부를 가진 자들도 섞여 있었다.

인종의 구별 없이 전부 피폐해져 있었고, 더러워져 있었으며 상처 입었다. 상당한 강행군으로 이곳까지 온 모양인데, 그 여세로 경비진을 돌파한 듯이 보였다.

"대체 어떻게 된 일이냐? 경비병들은 뭘 하는가!"

가장 먼저 고함을 친 것은 과자가 든 주머니를 품에 안은 카슈반이었다. 조금 전과는 다른 의미로 험악하게 굳은 표정을 짓더니, 허리의 검을 빼면서 초대받지 않은 손님들에게로 다가갔다.

자칫하면 대참사로 번질 사태였지만, 조금 전까지 술을 마시고 있을 뿐이던 용병들이 재빨리 침입자를 제압하기 시작했다. 루아크와 제다, 레네 등 전 '장난감 군대' 출신들의 움직임도 대단했다.

난입해온 병사들도 여기까지 오는 정도가 고작 다였던 모양이었다. 대부분이 제압할 필요도 없이 지면에 주저앉아 거친 숨을 몰아쉴 뿐이었다.

"위험해."

저도 모르게 카슈반의 뒤를 따라가려던 알리시아를 디네로가 팔에 힘을 주어 말렸다. 그곳에.

"라이센 강공작!"

귀에 익은 목소리에 알리시아는 놀라서 소리가 난 쪽을 바라보았다.

상처 입은 침입자들 속에서 청년 한 사람이 비틀거리며 앞으로 나왔다. 언제나 단정하게 손질해두던 긴 검은 머리카락은 산발이 되었고, 옷은 너덜너덜했으며, 배에는 조잡하게 지혈을 위해 천까지 두르고 있었지만 틀림없었다.

"세이그람?! 어머, 어떻게 된 일이죠……?!"

이전에는 발로이 용병단에 속했던 용병이었으며, 현재는 카슈반의 피후견인인 티르나드 레이덴의 집사 겸 가정교사로 일하는 세이그람 알레이.

어떤 일에도 냉정하고 요령 좋게 대처한다는 인상이 강한 세이그람의 비참한 몰골을 보고 알리시아는 깜짝 놀랐다.

"세이그람, 이봐. 어떻게 된 일인가?!"

카슈반도 세이그람의 존재를 알아차리고는 빠르게 곁으로 다가갔다. 세이그람은 이마에서 피를 흘리며 카슈반의 팔을 붙잡고 필사적으로 외쳤다.

"지금 당장 레이덴으로 병사를 보내주십시오!"

생각지도 못한 말에 카슈반이 숨을 삼켰다. 그에 개의치 않고 세이그람은 계속 외쳤다.

"'날개의 기도' 교단의 기습입니다. 레이덴 가 저택이 습격당해 티르나드 님이 끌려가셨습니다……!!"

"티르가…… 어이, 정신 차려!"

꼭 전해야 하는 말을 전했다는 안도감 때문이리라. 혈색을 바꾼 카슈반이 되물었을 때, 세이그람은 그에게 기대듯이 의식을 잃었다.

"레이덴 백작님이 끌려갔다고……?"

큰 소동이 벌어지는 가운데, 노라가 망연자실해서 중얼거리는 목소리가 알리시아의 귀에 들려왔다.

[제2장] 불타는 레이덴

어수선한 분위기에 싸인 광장의 뒷수습은 경비병과 용병들에게 맡기고 카슈반 일행은 기절한 세이그람을 데리고 그 자리를 뒤로했다.

그들이 향한 곳은 여느 때의 '라이센 돌 저택'이 아니라, 아즈베르그 지방 정중앙에 세워진 다른 저택이었다. 중상을 입은 세이그람을 함부로 움직일 수는 없었다. 그래서 거리 적으로 가까운 곳을 선택했다.

묵직해 보이는 회색 돌을 쌓아 만든 그 저택은 분위기가 차분하고 중후했지만. 날개를 가진 괴물의 상이 붙어 있지 않은 지극히 평범한 구조였다. 원래 이쪽이 정식 영주의 저택이며 현재 있는 저택은 사냥철에 사용하는 별장과도 같은 곳이었다고, 알리시아는 이전에 들은 적이 있었다.

넓은 영지를 통치하기 위한 교통편을 생각하면 확실히 이쪽이 더 좋았다. 실제로 카슈반은 업무로 바빠질 때는 이 저택에서 머무는 일이 많았다. 그래서 고용인을 포함해 생활에 필요한 것은 전부 상비해놓고 있었다.

"이쪽 구조는 매우 평범하네요."

살짝 유감스럽다는 듯이 중얼거리면서 알리시아는 핏기가 완전히 가신 세이그람의 얼굴을 걱정스러운 표정으로 바라보았다.

고용인용의 빈방에 눕혀진 세이그람은 희미하게 가슴이 움직이는 것 외에는 미동도 하지 않았다. 살아 있는지 죽었는지 알수가 없었다. 그래도 피 때문에 피부에 달라붙은 옷을 벗기고 노라가 복부에 심하게 찔린 상처에 약을 바르는 사이, 그는 눈을 떴다.

"……여기는……?"

"아, 다행이다. 정신이 들었군요, 세이그람."

노라가 치료하는 광경을 보고 있던 알리시아는 우선 안도의 한숨을 내쉬었다. 옆에 있던 트레이스도 안심했다는 얼굴을 했다.

"여기는 라이센 저택 2호예요."

"그렇습니까…… 라이센의……."

세이그람은 라이센 저택 제1호와는 명백히 색조가 다른, 하얀 천장을 멍하니 올려다보았다. 다음 순간, 기세 좋게 상체를 벌떡 일으켰다.

"강공작 각하!!"

"꺅, 진정해요, 세이그람?!"

아직 치료 중이던 노라가 비명을 질렀지만 세이그람은 개의치 않았다.

세이그람이 그대로 침대에서 내려오려는데, 상황을 지켜보고 있던 카슈반이 제지했다.

"세이그람, 됐다. 일어나지 마라."

"병사는 어떻게 됐습니까? 벌써 출발했습니까?"

입을 열기 무섭게 그렇게 말하는 통에 카슈반은 눈썹을 살짝 찡그렸다.

"……세이그람. 진정해라. 우선 사태를 확인할 필요가 있어."

"진정하고 있을 상황입니까! 티르나드 님이 납치됐단 말입니다?!"

"그 말은 들었다. '날개의 기도' 교단의 소행이라더군."

카슈반이 어디까지나 냉정하게 대응하자, 세이그람은 초조하게 말을 덧붙였다.

"티르나드 님을 끌고 간 건 유란이라는 남자입니다."

유란이라는 이름에 실내의 공기가 긴장했다.

티르나드의 전 후견인으로 '날개의 기도' 교단의 성직자. 허약해 보이고 실언이 많으며, 피와 폭력을 싫어하는 미덥지 못한 청년. 그러면서도 교단이 말하는 올바른 질서를 되찾기 위해서라면 무슨 짓이든 하는 광신도다.

양친을 농민의 반란으로 잃은 이후, 티르나드는 레이덴의 이름을 노린 후견인들에게 좋을 대로 이용당했다. 늘 끝에는 버려져 인간 불신에 빠진 티르나드를 구제한 것은 유란의 상냥함이었다.

그 상냥함에는 분명 일말의 거짓도 없었다. 그러나 티르나드 본인이 아닌, '지방백 레이덴 가의 피를 이은 도련님'에게 보내진 상냥함일 뿐이었다.

"그 남자가 병사를 이끌고 갑자기 레이덴 저택을 습격했습니다. 제 불찰이었습니다. 아무리 줄곧 '날개의 기도' 교단이 움직이지 않았다고 해도……, 완전히 제 실수입니다."

"……내가 오델 후작의 심기를 건드린 탓인지도 모르지."

지스칼드 오델은 '날개의 기도' 교단이 지나치게 세력을 확장하는 것을 내심 좋지 않게 생각했다.

이전에 페이트린에서 일어났던 일이 수습되었을 때, 그는 말했다. 자신이 '날개의 기도' 교단의 움직임을 방해하고 있었다. 누구의 날개에 보호받고 있었는지 알겠냐고, 바로 후회하게 될 것이라고.

"지스칼드 님이 손을 뗐기 때문에 유란 님이 움직이기 시작했다는 말인가요……?"

지스칼드는 장래, 자신이 실던 왕국의 국왕이 되고자 하는 야심을 품고 있었다. '날개의 기도' 교단의 움직임을 방해한 이유도 왕국의 실권을 쥐기 위해 암약하는 교단에 화가 났기 때문에 불과했다.

그러므로 그에게 은혜를 입었다는 식의 말을 들을 이유는 없었다. 그래도 후작의 영향력이 얼마나 큰지 알 수 있었다. 알리시아는 몸을 작게 떨었다.

"유란에게 티르나드 님은 어디까지나 '지방백 레이덴 가의 피를 이은 도련님'일 뿐입니다. 그렇게 불과 폭력을 두려워하는 티르나드 님의 저택에 불을 지르고, 눈앞에서 저를 찌르고……끌고 갔습니다. 지금 어떤 험한 일을 당하고 계실지 모릅니다. 강공작, 빨리 병사를 내어주십시오!"

"그러려면 우선 상태 확인이 먼저다, 세이그람."

출병을 재촉하는 세이그람에게 카슈반은 다시 한번, 사태 확인이 먼저라고 강조했다. 뿐만 아니라, 그 뒤 입에서 이어진 말은 매우 냉정하고 냉혹하기까지 했다.

"레이덴의 현재 상황을 파악하기 위해 우선 정찰 부대를 보내마. 그러나 실제로 병사를 움직일지 어떨지는 몰라. 너도 알다시피 나는 적에 둘러싸인 상태다. 섣불리 병사를 움직일 수는 없어."

"지금 이러고 있는 때도 티르나드 님은 어떤 비참한 취급을 받고 있을지도 모릅니다! 그분은 마음도 몸도 결코 강하지 않습니다, 하물며 상대는 유란이란 말입니다!"

말을 끝까지 듣지도 않고 세이그람이 성난 기색을 내보였다. 노라가 세이그람의 말에 자신의 의견을 덧붙였다.

"카슈반 님도 레이덴 백작님을 귀여워하고 계시잖아요……? 어, 어떻게 안 될까요……?"

"그래요, 카슈반 님. 게다가 레이덴 백작님에게는 언젠가 레이덴 지방의 실권을 넘겨줘야만 하지요. 지금 은혜를 베풀어놓아도 손해 볼 일은 없을 거예요."

알리시아도 가세했지만, 세 사람의 호소를 들어도 카슈반의 어조는 변함이 없었다.

"국왕 폐하, '날개의 기도' 교단, 오델 후작, 거기에 라그라드르인. 녀석들은 항상 내 동향을 신경 쓰고 있다. 먼저 병사를 움직이거나 하면 그를 이유로 들어 비난하겠지. 최악의 경우 아즈베르그를 침공할 가능성도 있다."

실딘 국왕은 각지의 영주가 힘을 가진 현재 상황을 탐탁지 않게 생각해, 절대 왕정을 실현하려고 한다.

또 아즈베르그 지방에는 아직도 '날개의 기도' 교단의 열성적인 신자가 많이 있다.

거기에 지스칼드와는 서로 대치하게 된 참이고.

라그라드르인은 돈에 따라 적도 아군도 될 수 있다. 실제로 한 번은 디네로와의 싸움을 유발하려고 했던 일조차 있다.

하극상의 불꽃이 아직 완전히 꺼지지 않은 이 나라에서는 조금이라도 틈을 보이면 바로 발목을 잡힌다. 무엇보다 귀찮은 점은, 카슈반 자신은 의도하지 않았지만, 주변 지방백을 끌어들여 거대한 세력을 형성하고 있다는 점이었다.

더 이상 밉보인다면 순식간에 사방에서 공격이 들어오리라.

"그리고 이제 곧 여름도 끝난다. 바로 가을이 오고 겨울이 될 거야. 이 지역의 혹독한 겨울을 넘기려면 지금부터 되도록 많은 식량을 비축해둬야 한다. 그래서 풍작 기원제를 성대하게 올리고, 가을의 수확에 대비하고 싶었는데……."

"—당신이 고심해서 준비한 축제를 엉망으로 만든 점에 관해서는 면목이 없습니다."

굳은 목소리로 세이그람이 먼저 사죄를 했다.

카슈반도 타이밍이 나빴다는 점을 책망할 생각은 없는 듯했다. 그저 짧게 탄식했을 뿐이었다.

"어쨌든, 나는 아즈베르그의 영주다. 이 땅의 안위를 가장 먼저 생각해야 할 의무가 있어. 정찰병은 수배했지만, 지금 시점에서 이 이상의 일은 약속할 수 없다."

"알았습니다."

싱거울 정도로 세이그람이 쉽게 말을 받아들였다.

"그럼 저는 티르나드 님을 구하러 가야 하므로 먼저 실례하겠습니다."

"기다려라, 세이그람."

말하기가 무섭게 자리에서 일어서려는 세이그람의 움직임을 미리 읽은 카슈반이 재빨리 그를 억눌렀다.

"너답지 않다, 세이그람. 주인이 끌려가서 뚜껑이 열린 건 이해하겠는데, 흥분한다고 될 문제가 아니잖아!!"

조용히 타이르는 카슈반의 말에 세이그람의 표정이 일그러졌다. 한 박자 뒤, 그는 큰 목소리로 이렇게 외쳤다.

"인제 와서 주인 행세하며 명령하지 마십시오! ……당신도 제 손을 뿌리치지 않았습니까!!"

비탄에 가까운 외침에 알리시아는 지스칼드가 조소했던 일을 떠올렸다.

자신의 허영심을 채워줄 주인을 찾아다니며, 수많은 가문에 숨어들어 가서는 전도유망한 젊은이들의 인격을 짓밟아 온 세이그람 알레이.

세이그람이 아즈베르그 지방을 찾아온 이유도 원래는 카슈반이 자신이 찾던 주인으로 걸맞은 자라고 생각했기 때문이었다. 그러나 카슈반은 이미 트레이스라는 심복을 데리고 있어서 세이그람의 바람은 이루어지지 않았다.

"티르나드 님은 강하지도 않고 분위기 파악도 못 하며 입만 산 데다 무척 제멋대로이십니다. 그래도…… 그분만이 제가 내민 손을 잡아주셨습니다. 저를 선택해주셨습니다."

세이그람도 좋아서 각지 명문가의 아들들을 짓밟고 다니지는 않았다. 하지만 세이그람이 자신의 주인에게 요구하는 자질은 기준이 매우 높았고, 본인도 거침없이 말을 하는 성격이었다. 그래서 일단 세이그람을 받아들였던 주인이 시간이 지나면 싫어하게 되는 일이 반복되었다.

물론 티르나드를 택한 뒤에도 주인을 주인으로 생각하지 않는 태도는 여전했다. 그러나 티르나드는 세이그람이 자신에게 보내는 애정을 제대로 파악하고 있었다. 그랬기에 지스칼드가 세이그람을 모욕했던 때는 정면에서 반론까지 해 보였다.

"불타는 저택 안에서 저와 유란은 티르나드 님을 사이에 두고 쟁탈전을 벌였습니다. 그때 뒤에서 접근한 '날개의 기도' 교단의 병사가 저를 찔렀습니다."

복부에 찔린 상처는 그때 입었으리라.

"보기 좋게 티르나드 님을 탈취한 유란은 제 숨통을 끊으려 했습니다. 그러나 티르나드 님은 제 목숨을 구걸하셨습니다……. 저를 죽이지 말아 달라고 스스로 그 남자를 따라가신 겁니다."

어금니를 악물며 세이그람은 피를 토하는 목소리를 쥐어짰다.

"기다리고 있을 테니까 반드시 구하러 오라고, 그분은 명령하셨습니다. 제 주인님은 티르나드 님이며, 제게 명령할 수 있는 사람도 그분뿐입니다! 놔주십시오!!"

"……세이그람."

"놓으라고 하지 않습니까!!"

계속해서 고함을 치는 세이그람에게 알리시아가 머뭇머뭇 입을 열었다.

"저…… 세이그람."

"뭡니까, 알리시아 님! 미리 말해두지만 여느 때처럼 논점에서 벗어난 발언은 삼가십시오. 지금 저는 그런 말을 적당히 넘길 여유가 없습니다……!!"

"저기 말이죠. ……그쪽…… 카슈반 님이 아니에요."

조심스러워하는 한마디에 세이그람의 움직임이 멈추었다.

"그건, 기둥이에요. ……카슈반 님은, 이쪽."

기습을 받았을 때, 혹은 머나먼 레이덴 지방에서 산을 넘어 달려올 때 잃어버렸으리라. 평상시 세이그람이 쓰고 있던 안경이 보이지 않았다.

평정을 잃은 세이그람이 고함을 치던 대상은 침대 옆에 있는 회색 기둥이었다. 알리시아도 검은 옷을 입은 카슈반과 저택의 검은 기둥을 자주 착각하곤 했다. 하지만 세이그람의 경우, 색깔마저 달랐다.

"괜찮아요? 나랑 똑같네요……."

알리시아의 한마디가 세이그람에게는 무엇보다도 충격적이었던 모양이었다.

세이그람은 입술을 굳게 다물고, 표정을 숨기려는지 고개를 숙이고 말았다.

"—우선은 침착해야 한다는 걸 잘 알았겠지, 세이그람."

지나칠 정도로 거북한 광경에 트레이스가 표정을 흐리는 가운데, 측은한 모습을 지켜보고 있던 카슈반이 입을 열었다.

"배의 상처가 생각 외로 깊다. 출혈도 많아. 뒷일은 나한테 맡기고 너는 여기서 자고 있어라. 살아서 티르를 구하러 가야 하잖아."

세이그람이 움직이려 들지 않음을 확인하고, 카슈반은 후우 크게 숨을 내쉬었다. 그 얼굴에는 피로한 기색이 짙었다.

"……레이덴 지방의 풍부한 수확량도 겨울을 넘기기 위한 계산에 들어 있다. 녀석들의 목적은 레이덴만이라고 생각할 수 없어. 발로이와 앞으로의 일을 상담해보지. 트레이스, 너는 디네로에게 보내는 위임장을 작성해라."

"위임장……?"

그러고 보니 디네로 님과는 제대로 작별 인사를 못했네요. 그렇게 생각하면서 알리시아는 이상하다는 듯이 되물었다. 그런 알리시아에게 카슈반은 짧게 설명해주었다.

"상황에 따라서 나는 레이덴으로 가야 할지도 모른다. 그때는 영주의 대행자가 필요해. 녀석이라면 아무도 불만이 없겠지."

"요전에 페이트린에 가실 때도 아즈베르그 공작에게 영주 대리를 부탁했답니다."

트레이스가 덧붙이는 말을 등 뒤로 들으며, 카슈반은 걸음을 옮겼다.

"노라, 세이그람은 일단 네게 맡기마. 이 저택에 있는 사람은 좋을 대로 부려도 좋아. 말을 해두마."

"아, 알았습니다."

척척 지시를 내리고는 마지막으로 카슈반은 아내에게 말을 걸었다.

"……알리시아는 일단 여기 있어. 무슨 일이 있으면 또 연락하마."

아내를 등진 채 명령하고 카슈반이 밖으로 나가려 했다. 그런 카슈반을 향해 세이그람이 깊이 머리를 숙였다.

"잘, 부탁합니다."

떨리는 그 목소리에 카슈반은 고개를 한 번 끄덕이고는 트레이스를 데리고 방을 나섰다.

그와 동시에 세이그람은 힘을 전부 다 써버린 듯 침대에 쓰러져 눈을 감았다.

결국 카슈반은 축제를 즐길 틈도 없이, 발로이에게 부탁해 레이덴 지방으로 병사를 보내게 되었다.

레이덴 지방에 배치해두었던 수하에게서 새로이 상세한 상황 보고가 도착했기 때문이었다. 레이덴 가 저택을 습격한 자들은 틀림없는 '날개의 기도' 교단이었다. 저택은 완전히 불에 탔고, 많은 고용인이 살해당했으며…… 티르나드의 행방은 묘연했다.

기습 규모가 작아서 직접적인 피해가 레이덴 가 저택에 한정된 점이 그나마 불행 중 다행이라고 할 수 있었다.

　그러나 더는 일이 안 일어난다는 보장은 어디에도 없다. 이에 전쟁으로 확대되는 일을 방지한다는 의미도 담아 카슈반은 출병을 결의했다.

　"레이덴 백작님의 저택은 완전히 타버렸군요……."

　혼잣말을 중얼거린 알리시아는 창문 건너편을 바라보았다.

　지방백의 저택이라면 명문가의 상징이다. 알리시아 자신도 생가 페이트린 저택을 생각하는 마음은 깊었다. 알리시아는 보기 드물게 풀이 죽어 어깨를 떨어뜨렸다. 그런 알리시아를 옆에 있던 루아크가 위로했다.

　"타버려서 좀 아쉽지만, 티르 도련님을 찾은 뒤에 다시 세우면 돼. 10년 전에도 한 번 불탔던 저택을 다시 세웠다고 하니까."

　"그러네요. 우선 레이덴 백작님을 찾아야죠……."

　후우 작게 한숨을 쉰 알리시아는 또다시 회색 구름에 뒤덮인 하늘을 올려다보았다.

　"분명히 괜찮을 거야. 그 도련님, 그렇게 보여도 의외로 강한 구석이 있으니까."

　"그러네요……. 카슈반 님 방패막이가 돼주었을 정도니까요. 하지만 그래도 걱정이에요. ……적어도 비료불요초를 잔뜩 먹어두셨더라면……."

　자신은 이미 충분히 익숙해진 유독 식물의 이름을 거론하면서 알리시아는 한숨을 내쉬었다. 그 옆에서 루아크는 '아니, 몸이 익숙해지기 전에 죽지 않을까……'라고 살짝 중얼거렸다.

이곳은 검은 숲에 둘러싸인 저택이 아니었기에 그만큼 시야는 탁 트인 편이었다. 그러나 아즈베르그 지방에서는 원래부터 푸른 하늘을 볼 기회가 적다. 알리시아의 기본적인 취향을 생각해 볼 때, 음울한 구름에 덮인 하늘은 대환영이었다. 그러나 지금은 적어도 하늘만큼은 파랗게 개어주었으면 싶었다.

영지 내에서 병사를 모으고, 정보 수집을 하려고 카슈반은 본래 영주 저택이었던 곳에 머물고 있었다.

그밖에 다른 사람들도 경비 문제도 있고 해서 같은 곳에서 생활하고 있었다.

앞에서 말했듯이 원래 생활에 필요한 것은 전부 다 갖춰져 있었다. 또 알리시아의 순응력은 매우 뛰어났다. 장식이 평범해서 시시하다는 점 외에는 특별한 불만은 없었다. 그러나 사태는 그렇게 좋지 않은 듯했다. 카슈반은 항상 외출 중이었다. 요 사흘 동안은 얼굴조차 마주하지 못하고 있었다.

"적어도 수호석만이라도 건네 드렸다면 좋았을 텐데……."

아즈베르그 지방에 전통적으로 전해지는 수호의 돌을 이전에 티르나드에게도 건네려 한 적이 있었다.

그때 산을 넘는 데 방해가 된다면서 세이그람은 제안을 딱 잘라 거절했다. 하지만 억지로라도 건네 드렸어야 했다고 알리시아는 후회했다. 그런 알리시아의 말에 루아크는 쓴웃음을 지었다.

"그렇겠네. 등신대 수호석을 등에 메고 있으면 끌고 가는 데에도 수고스러웠겠지……, 어이쿠."

언제나처럼 감이 좋은 루아크가 뒤를 돌아본 직후, 방문이 열렸다. 알리시아의 방으로 주어진 방에 들어선 사람은 트레이스를 대동한 카슈반이었다.

"어머, 카슈반 님, 어서 오세요!"

오랜만에 남편을 만난 알리시아의 얼굴이 확 밝아졌다. 그러나 카슈반의 표정은 크게 움직이지 않았다.

"오랜만이군. 하지만 오늘은 출발 인사차 들렀다."

"앗……, 아, 레이덴 지방으로요……? 지금요……?"

당혹스러워하는 알리시아에게 카슈반은 시원스럽게 고개를 끄덕였다.

"그래, 떠날 준비가 다 갖춰졌다. 솔직히 말해 아직 상황을 잘 알 수 없는 구석도 있지만, 이곳에서 우물쭈물하고 있어 봤자 소용없지. 게다가 이 이상 용병의 체류가 길어지면 영민이 불안해한다. 일단 레이덴 지방으로 보내는 편이 더 좋아."

축제 자리에 용병단을 초대한 이유는 라그라드르인과도 어느 정도는 교류해야 한다는 카슈반 나름의 생각이 있어서였다.

그러나 선대 영주 시절부터 멋대로 영지를 지나가거나, 눌러 앉거나 하는 등 자기 하고 싶은 대로 해왔던 용병에 대한 영민의 반발은 역시 강한 모양이었다.

"용병과의 교류는 눈앞의 문제를 해결한 뒤에나 할 이야기가 되겠네. 뭐, 그쪽 자업자득인 부분도 있으니까. 어쨌든 우선은 티르 도련님을 찾아야 하려나."

가벼운 어조로 말한 루아크에게 카슈반은 명령했다.

"루아크, 너는 남아서 알리시아를 지켜라. 내가 자리를 비운 사이 무슨 일이 있으면 곤란하니까."

"앗! 안 돼요. 루아크는 카슈반 님을 지켜야 해요."

두 부부에게서 정반대의 명령을 받은 루아크는 살짝 곤혹스러운 얼굴을 했다.

"아, 엄 그러니까 두 사람 말에 다 일리가 있네. 상황도 잘 모르니 레이덴 지방으로 가는 카슈반 형님도 위험하고, 전투 능력도, 위기 감지 능력도 전혀 없는 알리시아를 혼자 두어도 위험하고……. 그래도, 음…… 역시 전장에 뛰어드는 쪽이 더……."

녹색 눈동자로 천장 부근을 쳐다보는 사이, 루아크는 좋은 생각이 떠올랐다는 얼굴을 했다.

"아, 그렇다. 레네에게 알리시아를 지키라고 하면 되잖아!!"

딱 능숙하게 손가락을 튕기며 루아크는 때를 놓칠세라 카슈반에게 동의를 구했다.

"카슈반 형님도 여자아이가 호위해주는 쪽이 더 안심할 수 있잖아? 남편이 없는 사이에 내가 기정사실을 만드는 법을 가르쳐주면 곤란하잖아."

일부러 위로 치켜뜨며 동의를 구하는 눈에서 카슈반은 휙 시선을 돌렸다.

"……딱히. 알리시아가 진심으로 싫어하는 일을 네가 하리라고는 생각하지 않거든."

"……치사한 말을……."

쓴웃음을 지으며 어깨를 으쓱인 루아크는 이번에는 알리시아를 바라보았다.

"덧붙여 내가 더 강하니까. 알리시아보다 더 위험한 카슈반 형님을 따라갈까 생각해. 제다 씨와 레네는 아마 실력이 비슷할테니까, 남는 사람이 제다 씨라도 상관없을 거야. 뭐, 사알짝 발로이 아저씨에게 이상한 걸 배우고 있어서 신경 쓰이지만⋯⋯ 알리시아는 어떻게 생각해?"

"저는 제다가 호위라도 상관없어요. 루아크가 카슈반 님을 지켜주기만 한다면."

알리시아가 주저하지 않고 고개를 끄덕이자 카슈반은 떫은 얼굴을 하며 '치사한 게 누군데'라고 독설을 퍼부었다.

"알았다. 발로이에게 말해서 레네를 빌리지."

"결정! 그럼 트레이스 씨, 방해꾼들은 사라지자고."

"어?"

루아크가 갑자기 팔을 잡아당기는 통에 트레이스가 눈을 동그랗게 떴다. 그런 트레이스의 모습을 보고 루아크는 '뭘 모르네'라며 웃었다.

"아 진짜, 둔하네. 카슈반 형님은 인사를 하러 왔잖아? 당분간 만나지 못할 테니까, 여기서는 두 사람만 있게 해줘야지."

"앗, 아아, 그렇군."

루아크에게 팔을 잡혀 끌려가면서 트레이스는 말이 없는 카슈반을 돌아보았다.

"⋯⋯카슈반 님, 그, 오백 년⋯⋯ 아니, 아무것도 아닙니다."

하려던 말을 삼키고는 트레이스는 알리시아에게도 염려스러운 눈길을 보내면서 방을 나갔다.

조용한 실내에는 카슈반과 알리시아 두 사람만이 남았다.

"어……, 그게…… 저기."

알리시아는 털이 긴 암녹색의 융단에 의미도 없이 시선을 떨어뜨렸다. 그런 알리시아를 카슈반은 말없이 바라보고 있었다.

공기가 무척이나 무거웠다.

카슈반을 '특별하게' 좋아할 필요는 없다. 축제를 보러 갔던 그 날, 디네로와 나눈 그 대화를 남편은 명백히 들었다. 알리시아는 그 남편의 얼굴을 제대로 볼 수가 없었다.

"추, 축제는, 어떻게, 됐죠?"

계속되는 침묵이 괴로워 알리시아는 이야기를 갑자기 시작했다. 그녀의 말에 카슈반은 잠시 틈을 두고는 대답했다.

"아아…… 풍작 기원제 말이로군. 기간은 조금 단축하게 됐지만, 우선 할 수 있는 데까지는 했다. 마지막에는 영민들도 용병들도 다들 술에 취해서 서로 손을 잡고 춤을 추기도 했다니까 그럭저럭 성공했다고 할 수 있겠지."

거기까지 이야기해주고 난 후, 신음하듯 한마디 덧붙였다.

"라고는 해도, 갑작스러운 일정 조정이나, 불안해하는 영민들을 다독이는 역할을 해준 것은 디네로이지만 말이야. 나는 레이덴으로 출정할 준비에 쫓겨서 그것까지는 손을 쓸 수가 없었다."

　불쾌하다고까지는 할 수 없었지만, 그 목소리에는 묘하게 매서운 기운이 섞여 있었다. 그것을 감지한 알리시아는 열심히 다른 화제를 찾았다.

　"에, 저기, 단축이라고 하니…… 레이덴 지방까지는 열흘 정도 걸렸는데, 최근에는 그 기간이 많이 단축되었죠."

　"발로이가, 라그라드르인만이 아는 지름길을 가르쳐줬다. 짐승들이 다니는 것 같은, 꽤 좁은 길이지만 소수로 움직인다면 오가는 기간을 상당히 단축할 수 있어."

　세이그람이 혈색을 바꾸고 레이덴 지방에서 찾아온 지 오늘로 딱 10일째다. 그 사이 레이덴 지방에서는 속보가 도착했고, 카슈반은 천 명에 가까운 병사를 모아 레이덴으로 출군할 준비를 하였다.

　'3분의 1은 용병이지만 금방 이렇게 사람을 모으다니 요령 좋네. 이러니저러니 말은 했어도 준비는 해뒀다는 말이잖아'라고 루아크가 말할 정도였다. 카슈반은 섣불리 병사를 움직이면 밉보일 수 있다고 말하곤 했다. 한편으로는 무슨 일이 일어날지도 모른다고 대비해 언제든지 군사를 움직일 수 있을 정도로 준비를 해두었으리라.

　"세이그람에게도 떠난다고 인사를 하실 건가요?"

　"아니, 녀석에게 인사를 하면 틀림없이 따라오겠지. 틈만 나면 움직이려고 해서 노라가 꽤나 골치를 썩는다고 하더군."

　세이그람에게 익숙지 않은 이 저택 고용인은 비아냥거림과 심술을 겁낸 나머지, 제대로 간병을 하지 못했다. 때문에 '왜 내가?!'라고 투덜거리면서 노라가 세이그람을 돌보고 있었다.

그러나 이런 때도 어떤 의미로는 주인을 생각하는 마음이 강한 세이그람은 '점수를 벌려고 해도 소용없다. 티르나드 님은 언젠가 독립하실 거야. 결혼 상대의 집안도 무기가 되는데, 하녀 따위와 결혼해봤자 의미가 없다'고 말하고야 말았다. 그 바람에 노라가 수프 접시를 집어 던졌다나 어쨌다나.

빈 접시였기에 그나마 노라가 신경 써서 던졌을지도 몰랐다. 그러나 노라의 분노가 쉽게 풀리지 않았기 때문에 한때는 트레이스가 간병을 대행하기도 했다.

"알리시아, 만일 세이그람이 무모한 짓을 한다면 때려서라도 말리라고 노라나 레네에게 말해둬라. 그 바보, 배에 구멍이 뚫린 채로 레이덴에서 이곳까지 왔다고. 그런 상태인데 움직이게 놔뒀다가는 티르보다도 그 녀석이 먼저 끝장날 거야."

"알았습니다. 세이그람을 때리라고 말해두겠습니다……."

카슈반의 말을 간결하게 요약한 알리시아의 뇌리에, 한 가지 생각이 번뜩였다.

"그러네요, 카슈반 님. 수호석을 갖고 가세요!"

"……수호석이라니…… 그, 크기가 나만 한 그걸 가지고 가란 말인가……?"

'하르바스트의 장미 저택'을 '라이센 돌 저택'으로 변모시킨 검은 거석 군집. 아내와 애인과 암살자가 모여서 자신에게 준 수호석을 가져가라. 그 말을 들은 카슈반의 얼굴이 실룩거렸다.

"······아니, 저택까지 돌아갈 시간이 아깝다. 마음만 받아두지."

카슈반이 제안을 용케 잘 피해 가자 알리시아는 미간에 주름을 모으며 생각에 잠겼다.

뭔가 하고 싶다.

카슈반에게 뭔가 도움을 주고 싶다.

"그럼······ 음, 그러니까."

오래된 기억을 더듬으면서 알리시아는 양손을 꼭 쥐고 더듬더듬 읊기 시작했다.

"당신이 나아가는 길에 날개의 가호가 함께하시길······."

"—알리시아, 그 말은 아니다."

갑자기 진지한 얼굴이 된 카슈반이 손을 뻗어 알리시아의 손목을 잡아채, 기도하는 자세를 무너뜨렸다.

남편과 오랜만에 접촉한 알리시아의 얼굴이 살짝 빨개졌다. 그런 알리시아를 보는 카슈반의 표정은 복잡했다.

"'날개의 기도' 교단과 싸우러 가는 남자에게, 여행을 떠나는 이에게 보내는 '날개의 기도' 가르침 구절을 들려줘서 어쩌겠다는 말이냐. ······하물며 나는 신 따위는 믿지 않는다. 무엇보다 너도 그렇게까지 독실한 신자는 아니잖아."

귀족과 왕족의 지배를 긍정하는 근거임과 동시에, 하극상의 풍조에 휩쓸려 신흥 귀족에게도 날개를 주겠다고 선언한 '날개의 기도' 교단. 그 탓에 지방백으로 대표할 수 있는 종래 명문 귀족들은 '날개의 기도'교에 대한 신앙을 완전히 잃어버리고 말았다.

"음. 알고 있어요. 하지만 수호석도 가져가지 않으신다면, 카슈반 님의 안전을 위해 쓸 수 있는 건 모조리 쓰는 편이 더 좋겠다 싶어서요."

알리시아 역시 독실한 신자라고는 할 수 없었다. 그러나 '날개의 기도'는 국교로서 사람을 지배해온 역사가 길었다. 그랬기에 생활 절반에 뿌리박힌 소박한 가르침은 완전히 사라지지 않았다.

"돌아가신 어머님도 아버님이 외출하실 때는 종종 이런 인사를 건네곤 하셨어요. 우리 집은 빈곤하니까 돈 들이지 않고 할 수 있는 일은 뭐든 하는 편이 좋다고 하시면서요."

양친을 떠올리면서 알리시아가 설명하자, 카슈반은 천천히 아내의 손을 놓아주었다.

날카로운 눈동자의 안쪽에서 흔들리는 무서울 정도로 진지한 빛.

알리시아조차도 자세를 바로 할 수밖에 없는 빛을 눈에 담은 채, 카슈반은 조용히 중얼거렸다.

"나는 꼬맹이일 때부터 몇 년이 지나도록 기도를 드리지 않았다. 교단에 기부도 안 하고, 성당에도 다니지 않아."

알리시아와 결혼할 때조차 저택 부지 내에 있는 성당을 이용하지 않았을 정도였다. 종교를 믿지 않는 마음을 넘어서, 종교와는 어떤 부분도 관련을 맺지 않으려는 카슈반의 태도는 철저했다.

"나는 신에게 아무것도 하지 않는다. 그러므로 신도 내게 아무것도 해주지 않아도 괜찮아."

마치 기도를 드리듯이 엄숙하게 말한 후에, 카슈반은 자조적으로 한쪽 뺨을 일그러뜨렸다.

"시시한 오기라고 생각할지도 모르겠지만, 내가 꼭 지켜야 할 일이다. 그러니 네 마음만 받겠어."

"……하지만, 저……."

두 번째 제안도 거절당한 알리시아는 표정을 흐리며 고개를 숙였다.

"아, 아내로서 위험한 곳에 가시는 남편에게…… 아무것도…… 할 수 없어서……."

도움이 되고 싶다.

왜일까?

─무능력하면 '곤란하기' 때문에?

─이제는 필요 없다는 말을 들을까 봐?

"나는 돈을 주고 널 샀다. 그러니까 그 금액에 걸맞은 역할만 해주면 돼."

마치 알리시아가 하는 자문을 꿰뚫어 본 듯한 카슈반의 말.

깜짝 놀라서 고개를 들어 바라본 얼굴은 예상과 달리 매우 상냥했다.

"그냥 이곳에 있어 주기만 하면 된다고 처음에도 말했지? 너는 지금 이대로도 내 요구에 충분히 응해주고 있다. 내가 치른 돈 이상의 일은 하지 않아도 돼."

"카슈반 님……."

카슈반의 이런 얼굴을 본 기억이 있었다.

좋아하니까 사랑하니까 더는 바라지 않는다. 그렇게 말했을 때와 똑같은 얼굴을 하고 있었다.

"……알리시아. 걱정하지 않아도 네가 나를 '특별하게' 좋아해 줬으면 좋겠다고 생각하지는 않는다. 설령 내가 너를 좋아해도, 사랑해도 말이다."

뻗어 온 커다란 손이 머리에 얹어졌다.

검술 훈련 때문에 생긴 굳은살이 눈에 띄는, 거친 그 손이 황갈색의 머리카락을 결을 따라 살며시 쓰다듬었다.

"나 자신의 욕망을 위해 네 인생과 운명을 망쳐버렸다는 자각은 있다. ……그러니까 네가 나를 싫어해도 미워해도 어쩔 수 없다고 생각한다. 다른 녀석들과 비슷한 정도로 좋아해 주기만 해도 미움받는 데 익숙한 나 같은 사람으로서는 고마울 지경이다."

"……그럴…… 그럴 리, 없어요. 카슈반 님을 좋아하는 사람은 많이, 있어요……."

머리카락을 쓰다듬는 손을 통해 전해지는 온기와 애절함에 알리시아는 필사적으로 위로할 말을 찾았다. 그 말에 카슈반은 눈을 살짝 가늘게 떴다.

"그렇지. 너를 마음에 들어 하는 사람도 많지. 예를 들면…… 디네로 아즈베르그라던가."

"디네로 님……? 그렇죠. 이따금 저택에 찾아오시고

요······."

레이덴 지방으로 출정하는 카슈반을 대신해 정식으로 영주 대행을 위임받은 디네로는 최근에 자주 이 저택에 출입하고 있었다. 숲속 깊은 곳에 있는 저택은 장소가 너무 변두리라서 이곳을 대리 영주의 임시 거처로 삼았다는 듯했다.

디네로는 영지를 돌아보는 일은 다른 사람에게 맡겼기 때문에 걱정할 필요 없다고 말했다. 가령 리드렉도 이 저택으로 거처를 옮겼는데, 고용인들은 세이그람과는 또 다른 의미로 그를 두려워하고 있었다.

"······그 녀석과 그렇게 빈번히 만나는 거냐?"

"아뇨. 그 정도로 빈번하게 만나지는 못한답니다······. 디네로 님도 바쁘신 모양이에요."

줄곧 얼굴을 보여주지 않았던 카슈반보다 분명히 만날 기회가 많았지만 말이다.

그래도 만나고 싶을 때 만나달라고 제멋대로 굴 수 있는 처지가 아니라는 점은 잘 알고 있었다.

"—과거 영주의 저택에, 과거 영주의 혈족, 이라."

머리카락을 쓰다듬던 손이 떨어졌다.

"평온했던 옛 시절로 돌아가라는 목소리가 들리는 듯하군."

아즈베르그 지방의 영주는 현재는 카슈반 라이센, 그 전은 레디오르 하르바스트. 하녀의 피를 이은 카슈반에 대한 반발은 물론 강했지만, 선대인 하르바스트 가도 좋지 않게 생각하는 사람이 많이 있다고 알리시아는 들었다.

아즈베르그 지방은 지방백 아즈베르그의 것. 그런 인식이 아직도 사람들 마음에 남아 있다.

대부분의 지방백이 몰락한 상태이기에 지방백의 이름에 대한 환상은 한층 더 강했다. 지방백의 피를 이은 자로서 알리시아는 어떤 의미론 그 말을 기뻐해야 할지도 몰랐다. 하지만 그렇게 중얼거리는 카슈반이 조금 피곤해 보였기에, 쓰다듬어진 머리카락에 남은 온기가 사라져가는 것이 매우 서글펐다.

"나는 이제 돌아오지 않는 편이 좋을까?"

심장이 멈추는 것 같았다.

알리시아는 숨 쉬는 것도 잊고 자리에 얼어붙어 버렸다. 그런 알리시아를 바라보며 카슈반은 눈을 감고 쓴웃음을 지었다.

"……내가 미쳤나 보군. 곤란하게 만들어서 미안하다."

커다랗게 한 번 한숨을 쉬고는 카슈반은 아무 일도 없었다는 양 표정을 바로 했다.

"그럼 다녀오겠다, 알리시아. 레이덴 지방에서 뭔가 괜찮은 물건이라도 발견하면 선물로 가져오마."

아주 약간 의식적인 태도로 여느 때 했던 말을 남기고 카슈반은 발길을 돌렸다. 남편의 망토 자락을 알리시아가 덥석 움켜쥐었다.

"저기!"

놀라서 돌아보는 카슈반에게 알리시아는 내심 자신의 행동에 놀라면서 말했다.

"뭔가…… 하고 싶습니다."

이대로 카슈반을 보내서는 안 된다.

그런 생각에 마음이 초조했다. 하지만 뭘 해야 할지 구체적으로 떠오르지 않았다. 수호석도, 가르침의 구절도 실패라면 자신은 그를 위해 무엇을 할 수 있을까?

"저…… 카슈반 님을…… 위해서, 뭔가……."

"……그럼 키스를 해주겠어?"

망토 자락을 가볍게 뒤로 넘기며 카슈반이 그 자리에 무릎을 꿇었다.

"잘 다녀오라는 입맞춤이다. ……싫은가?"

"아, 아뇨! 그게, 할게요……."

자신의 눈높이보다 약간 낮은 곳에 있는 뺨을 알리시아는 주저하면서 살짝 양손으로 감쌌다.

그 거리에서도 눈을 감지 않고 줄곧 이쪽 움직임을 바라보는 강한 시선에 '배가 아픈' 감각을 느끼면서 천천히 얼굴을 가까이 갖다 댔다.

처음에는 가볍게, 부리로 쪼듯이. 위치가 틀리지 않았는지 확인하고는 이번에는 부드러운 감촉을 더욱 맛보려고, 맛보게 하려고 좀 더 깊이 입을 맞췄다.

이렇게 하는 거죠? 에르티나 님. 이라며 알리시아는 교본을 떠올리면서 열심히 노력했다. 알리시아와 입술을 맞댄 채로 카슈반이 중얼거렸다.

"……조금 능숙해졌는걸."

웃음기를 머금은 목소리가 들림과 동시에 갑자기 뻗어 온 손이 알리시아의 어깨를 끌어안았다.

"……웅……?! 웅, 웅……."

카슈반의 팔이 알리시아를 끌어안은 채, 뒤통수를 가볍게 누르듯 하며 입술을 밀착시켰다.

숨을 쉴 수가 없어 괴로웠다. 저도 모르게 카슈반의 어깨를 붙잡았지만, 떨리는 손가락은 옷감만을 움켜쥐었을 뿐이었다.

전신이 뜨겁게 타오르는 것 같았다. '배가 아픈' 감각도 최고조에 달해, 진짜로 이대로 더 높은 나라로 승천해버리지 않을까, 그렇게 생각할 정도였다.

하지만 계속해줬으면 좋겠다.

이전 지스칼드가 키스했을 때는 깜짝 놀랐기 때문이기도 했지만, '계속해줬으면 좋겠다'고 생각하지는 않았는데.

이것이 '특별'하다는 느낌일까.

따끔 가슴을 찌른 그 생각도 입술에서 전해지는 열기에 녹아 없어질 것 같았다.

"……후……."

알리시아는 어느샌가 다부진 팔에 몸을 맡기고 카슈반 좋을 대로 하게 놔두고 있었다. 잠시 후, 카슈반이 알리시아에게서 살짝 떨어졌다.

"괜찮아?"

"아, 예……."

약간 비틀비틀하는 아내의 머리를 가볍게 쓰다듬고는, 카슈반은 다시금 발길을 돌렸다.

"다녀오겠다."

아직도 머릿속이 멍한 알리시아는 그 와중에도 마지막 말을 잊지 않았다.

"반드시…… 돌아오세요."

카슈반은 고개만 뒤로 돌려 웃어 보이고는, 방문 밖에서 훔쳐 듣던 트레이스와 루아크를 공평하게 쥐어박았다.

페이트린 산 찻잎을 아낌없이 사용해 우려낸 차의 그윽한 향기가 코끝을 간질였다.

리드렉이 멋진 솜씨로 따라준 차를 받아 든 알리시아는 창문 밖으로 시선을 주었다.

"다들 슬슬 레이덴 지방에 도착했겠죠? 레네."

카슈반이 레이덴 지방으로 떠난 지 벌써 5일이 지났다. 떠나기 전에 들은 바로는 지금쯤이면 슬슬 산을 다 넘었으리라.

음울하게 구름 낀 하늘을 바라보며 알리시아가 말하자, 같이 차를 마시던 레네는 무표정하게 대답했다.

"군사를 이끌고 가니까 조금 더 시간이 걸릴 겁니다. 라그라드르인이라면 모르겠지만, 실딘인과 혼합된 부대라면 보조를 맞추는 일만도 큰일일 겁니다. 그렇다고는 해도 발로이 님이 동행하셨으니 문제없겠지요."

레네는 마지막으로 발로이를 칭찬하면서 말을 매듭지었다. 레네와 마찬가지로 알리시아와 차를 마셔주던 디네로가 레네에게 조용한 시선을 보냈다.

　과거에 몇 번인가 영주 대행을 맡은 바 있는 디네로는 이 역할에 익숙한 듯, 별로 힘들어 보이지 않았다. 축제를 보러 갔던 날부터 왠지 느낌이 조금 달라진 듯했지만, 언제나 같은 시간에 얼굴을 보여주는 디네로는 처음 만났을 때와 다를 바가 없었다.

　"발로이가, 그렇게, 좋은가?"

　"예."

　즉석에서 대답한 레네에게 디네로는 '그런가'하고 고개를 끄덕일 수밖에 없었다. 그러나 알리시아는 조금 생각에 잠겼다.

　레네는 발로이를 좋아한다.

　그렇다면 그를 '특별하게' 좋아하고 있을까.

　"저기, 레네. 레네는 렉산드르 자작님을 좋아하죠?"

　"예, 좋아합니다."

　"다른 그 누구보다도 좋아하나요? 그 누구보다도…… '특별하게'?"

　"예. 그렇습니다."

　레네는 일체의 망설임도 없이 그렇게 대답했다. 그런 레네를 보고 알리시아는 다시 생각에 잠겼다.

　"저기 말이죠……. 만약, 렉산드르 자작님과 떨어져야 한다면, 어떻게 할 거예요?"

　"떨어지지 않을 겁니다."

　전제를 무시한 대답에 알리시아는 '그것도 그러네요. 분명히 떨어지지 않으면 되죠…….'라고 중얼거리며 또다시 생각에 잠겼다.

그러자 이번엔 디네로가 다시 레네에게 질문했다.

"발로이가, 내게서 떨어지라고, 말한다면, 어떻게 하겠나?"

"지금 실제로 떨어져 있습니다."

레네의 대답을 들은 알리시아는 앗 소리를 냈다.

"나 좀 봐. 레네 미안해요! 레네는 렉산드르 자작님과 함께 있고 싶었을 텐데. 역시 호위는 제다에게 맡겼어야 했어요."

"아뇨, 발로이 님의 명령입니다. 저는 그분 부하이기 때문에 매우 소중한 돈줄인 마님을 지키라는 명령을 받으면 그에 따릅니다."

비아냥거림이 아닌, 담담하게 대답하는 레네의 말이 알리시아의 마음속 어딘가를 할퀴고 지나갔다.

이제 돌아오지 않는 편이 좋은가, 라니. 카슈반은 왜 자신에게 그런 질문을 했을까.

왜 알리시아가 선택하도록 할까.

"그러네요……. 저도 명령을 받으면 그 말에 따를 텐데요……."

풀이 죽은 알리시아에게 레네, 디네로, 리드렉이 각각 뭔가 말을 걸려고 했다.

그러나 그때 문을 가볍게 두드리는 소리가 울렸다. 리드렉이 재빨리 두꺼운 목제 문을 열었다.

"마님…… 어, 어머, 이런. 그러고 보니 이 시간은……."

문밖에 서 있던 사람은 결국 또다시 세이그람의 간병을 맡게 된 노라였다.

리드렉을 보고 노라는 곤혹스러운 얼굴을 했다. 하지만 알리시아는 전혀 알아차리지 못하고 얼굴을 활짝 폈다.

"어머, 노라. 어서 와요. 세이그람이 식사를 마쳤나 보네요. 함께 차라도 마시지 않을래요?"

"그럴 생각으로 왔습니다만…… 아뇨, 저 같은…… 하녀가 마님 친구분들과의 다과회에 자리를 함께하다니 그런 실례가……."

노라는 세이그람과 서로 호통을 치는 일에는 익숙해졌지만, 자칭 카슈반의 애인이라는 표찰을 예의 바르게 무시하는 리드렉만큼은 아직도 거북해했다.

리드렉의 표정은 크게 바뀌지 않았지만, 그렇다고 자리를 준비하는 기색도 없이 그저 자리에 서 있을 뿐이었다.

두 사람은 한번은 서로 결탁해서 디네로와 알리시아 사이에 그렇고 그런 일을 만들려고까지 했다. 그러나 리드렉이 카슈반을 어느 정도 인정하면서부터 사정은 바뀌었다. 고용인의 예법에 까다로운 리드렉은 정실에 대해 하극상을 꾀한 하녀를 그대로 내버려 둘 수 없는 모양이었다.

"호위도, 함께하고 있다. 하녀도, 사양할 건, 없어."

꽁무니를 빼는 노라에게 디네로가 리드렉에게 가볍게 시선을 주고 나서 말을 걸었다.

"너는, 알리시아와, 친하지. 나는, 신경 쓰지, 않아."

'제가 신경 쓰이는데요……'라고 노라는 입안에서 중얼거렸다.

정체를 알 수 없는 분위기를 두른 디네로는 대하기 거북했다. 언제 '거유 하녀'라고 말할지 알 수 없는 레네와 자리를 함께하는 일도 사양하고 싶었다.

그러나 리드렉이 비어 있는 의자를 빼주고, 차 준비를 시작했기에 포기했다. 애써 조용조용 걸어와서 주위 사람들과 최대한 눈을 마주치지 않으려고 하며 자리에 앉았다.

"세이그람의 상태는 어때요? 노라."

눈에 띄지 않도록 고심하는 노라의 마음을 알지 못하는 알리시아는 천진난만하게 말을 걸었다.

"아…… 열도 내렸고, 상처도 아물었지만……. 그 몸이 좋아진 만큼 자꾸 움직이려 해서 큰일입니다. 아, 맞다, 아즈베르그 공작님. 세이그람의 문병을 가주시면 어떨까요? 분명히 세이그람도 기뻐할 거예요!"

디네로가 움직이면 리드렉도 따라 움직인다. 그 점을 꿰뚫어 본 노라가 제안했지만, 떡밥을 문 사람은 알리시아였다.

"어머, 그러고 보니 최근에 문병도 못 갔네요. 노라는 차를 마시고 있어요. 나는 세이그람에게 다녀올 테니."

"아뇨, 안 됩니다, 마님! 이 사람들 속에 절 혼자 두고 가지 말아주세요!!"

저도 모르게 본심을 드러내며 노라는 알리시아에게 달라붙었다. 알리시아는 이상하다는 듯이 고개를 갸우뚱하면서도 자리에 고쳐 앉았다.

그 이후, 잠시 침묵이 계속되었다.

그렇다고 해도 거북한 공기가 흐르지는 않았고, 그저 다들 각자 차를 홀짝이고 있을 뿐이었다. 고용인으로서 완벽한 리드렉은 필요 이상으로 말을 하지 않았다. 또 다른 사람들은 리드렉이외의 누군가가 뭔가 말을 꺼내면 한꺼번에 떠들다가, 할 말이 없어지면 이렇게 침묵해버리곤 했다.

그러니 이 분위기가 거북한 사람은 이런 침묵에 익숙지 않은, 아직 상식인 범주에 있는 노라뿐이었다.

"우우…… 전혀 기분 전환이 되지 않아요……. 지금이야말로 그 음험 안경남의 무신경함이 필요해요……."

무덤을 파고 말았다고 탄식하는 노라에게 다시 불현듯 알리시아가 말을 걸었다.

"저기, 노라. 노라는 나를 좋아하나요?"

"예? ……앗, 어, 음, 뭐라고 해야 할까요, 그, 익숙해졌다고 할까, 포기했다고 할까, 싫지는…… 그게…… 좋아…… 합니다."

도중에 리드렉이 찌릿 노려보는 통에 노라는 마지못해 대꾸했다.

"그래요. 그럼 '특별하게' 좋아하나요? 다른 누구보다도 좋아해요?"

묘하게 끈질기게 파고드는 통에 노라는 아주 약간 알리시아와 거리를 두기 시작했다.

"……잠깐만요, 마님. 아무리 주인님이 안 계신다지만 가까이 있는 사람에게 손을 대려는 생각은 아니시겠죠……?"

"가까이에 있는 사람에게, 손을 댄다, 라."

디네로가 작게 중얼거렸다. 레네는 '주인의 애인이라고 생각했더니 사실은 안주인과도 그렇고 그런 관계…… 참신하군요, 알리시아 님. 참고하겠습니다'라고 말하며 고개를 숙였다.

"두 사람 다 그만둬주시겠어요?! 마님, 다시 말씀드리지만 저는 카슈반 님의 애인 자리에서 물러날 생각이 없습니다!"

크나큰 오해를 한 채, 노라는 울컥해서 큰 소리를 내지르고 말았다. 리드렉이 그런 노라를 힐끗 쳐다보았다.

그 시선에 노라는 일단 입을 꾹 다물었다. 그러나 여전히 반항적인 시선으로 리드렉을 노려보았다. 그러나 알리시아는 '애인'이라는 단어에 반응해 노라에게는 아랑곳하지 않고 디네로에게 얼굴을 돌렸다.

"그러고 보니 디네로 님. 디네로 님은 애인이 되는 일에 관심이 있으신가요?"

'이 차는 좋아하시나요?'라고 묻는 것과 다를 것 없는 어조였다. 그 질문에는 디네로도 눈을 동그랗게 떴다.

"저는 최근에 에르티나 님…… 오델 후작 부인과 편지를 주고받고 있답니다. 그분은 얼굴이 잘생긴 남성을 좋아하시거든요. 게다가 엄청난 부자시죠. 그게, 디네로 님 댁도 저희 집과 마찬가지로 몰락했으니, 서로에게 좋은 이야기가 아닐 읍읍."

"호, 호호호. 참 마님도. 세이그람의 병문안을 가고 싶네요, 그래요! 그러니 우선 이 방에서 나가자고요, 자, 일어나세요!!"

중요한 부분을 입막음할 수 없었기 때문에, 노라는 알리시아의 강제 퇴거에 들어갔다.

덧붙여 거기 편승해 노라 자신도 도망치려고 했다. 그러나 노라의 계획을 저지한 것은 디네로의 한마디였다.

"알리시아. 너는, 애인이, 필요 없나?"

"읍, 앗?"

깜짝 놀란 노라가 알리시아의 입에서 손을 떼었기 때문에 알리시아도 놀란 소리를 냈다.

"제가 애인을 둔다는 말인가요?"

"그렇다."

"아뇨, 그런 건…… 그게 저는…… 카슈반 님께 팔려 왔거든요. 그런 제가 애인을 두다니. 그게 애인을 두려면 돈이 무척."

"공짜라면, 괜찮은가?"

축제를 보러 간 그 날, 알리시아를 두렵게 했던 기묘한 분위기가 디네로의 단정한 얼굴을 감싸고 있었다.

리드렉도 생각하는 바가 있는지, 주인의 발언을 제지하려 들지 않았다.

"나는, 공짜로, 애인이, 돼줄 수 있다."

"디네로 님……?"

가슴이 두근거리는 감각을 느끼며 알리시아는 다시 한번 그의 이름을 불렀다. 그때 한 줄기 바람이 알리시아의 머리카락을 흔들었다.

바람이 불지 않는 실내에서 갑자기 일어난 바람. 루아크 및

전 '장난감 군대' 출신자들이 움직였음을 나타낸다.

"아즈베르그 공작님은 알리시아 님을 좋아하십니까?"

알리시아의 바로 옆에 서서 말한 사람은 어느샌가 그리로 이동해온 레네였다.

"좋아한다."

즉답하는 디네로를 잠시 바라본 레네는 잠자코 몸을 움직여, 디네로의 시선에서 알리시아를 가리는 위치에 섰다.

"레네, 왜 그래요? 디네로 님이 보이지 않는데요."

알리시아의 질문에 레네는 대답하지 않고 시선을 디네로에게 못 박고 있었다.

"정부의 출현으로 부부의 유대가 깊어지는 전개는 환영합니다. 그러나 지금 라이센 강공작 각하는 알리시아 님에게서 너무 멀리 떨어져 계십니다."

지금쯤이라면 카슈반은 이제 레이덴 지방에 도착했을까 말까 한 때였다. 트레이스나 루아크 등의 측근도 동행하고 있고, 뭣보다 무슨 일이 생겨도 바로 돌아올 수 있는 거리가 아니다.

"적이 꼭 밖에 있으란 법은 없습니다. 알리시아 님, 강공작 각하가 돌아오실 때까지 아즈베르그 공작 각하께는 접근하지 마십시오."

"네? 음, 그럴, 게요……."

디네로를 적이라고 생각한 적은 없다.

하지만 최근에 이따금 그가 보이는 표정에 당혹감을 느낄 때가 많았다. 그래서 알리시아는 애매하게 맞장구를 쳤다.

"아니, 그건 좋은데 말이죠. 이대로 계속 차를 드실 생각인가요⋯⋯?"

왜 아무도 이 방을 나갈 수 있는 방향으로 분위기를 몰고 가주지 않을까. 한층 이상해진 공기 속에서 노라는 혼자 비탄에 젖었다.

그러고 나서 며칠이 지난 어느 날 밤이었다.

알리시아는 어떤 걱정거리가 있더라도 일단 잠들면 아침까지 절대 일어나지 않는다. 그런 알리시아의 건전한 수면을 레네의 목소리가 깨웠다.

"알리시아 님, 일어나세요."

"음냐, 아, 그것도 제가 먹을 수 있다면⋯⋯ 어머⋯⋯ 레네⋯⋯? ⋯⋯죠?"

자다가 깬 탓에 평소보다 한층 더 시야가 멍했다. 그런 멍한 시야에 들어온 것은 밝은 달빛을 받아 희끄무레하게 빛나는 작은 그림자였다. 알리시아의 머리맡에 서 있던 레네는 솜씨 좋게 주변에 놓여 있던 안경을 찾아 알리시아에게 씌워주었다.

"포위되었습니다."

"아?"

"머릿수도 정체도 아직 불명입니다만, 상당히 노련한 자들입니다. 큰 소동을 일으킨 기색도 없이 경비를 돌파했으니까요."

"어머나, 큰일이네요."

특별히 놀라는 일 없이 알리시아는 대답했다. 이미 일어나 버린 일에는 왈가왈부하지 않자는 주의였다.

"어떡할까요, 레네. 우선 도망칠까요?"

"그러고 싶습니다만, 퇴로를 차단당했습니다. 우선은 퇴로를 뚫는 일부터 시작해야 합니다."

다시 말해 포위망의 어딘가를 돌파해야 한다는 뜻이었다.

"저택 안에 있는 사람들도 슬슬 이변을 눈치채기 시작했습니다. 일단 다른 사람들과 합류하죠."

레네는 잠옷 차림인 알리시아의 손을 끌고 방 밖으로 이끌었다.

어슴푸레한 복도에 나오니 새벽인데도 여기저기에서 긴장감 섞인 속삭임과 종종거리며 달려가는 발소리 등등, 작은 소음이 들렸다.

저택을 포위한 자들은 아직 내부로 밀고 들어오진 못했다. 하지만 퇴로를 차단당한 탓에 내부의 인간들도 밖으로 나가지 못하고 대항책을 찾아 우왕좌왕하고 있었다.

"어디로…… 아, 아얏!"

레네가 잡아끄는 대로 걷기 시작한 알리시아는 곧 가까운 기둥에 부딪혀 비명을 질렀다.

"괜찮으십니까? 아, 맞다. 당신은 밤눈이 어두웠죠."

밤눈은커녕 알리시아의 시력은 낮에도 의심스러웠다. 안경을 쓰고는 있었지만 훈련을 쌓은 레네와 달리, 등불도 없는 복도를 부딪치지 않고 걷기는 힘들었다.

"그래요, 미안해요. 괜찮아요. 안경도 무사하고…… 어머? 갑자기 밝아졌네요."

"알리시아."

어둠 속에서 갑자기 들려온 목소리에 돌아보니, 램프를 한 손에 든 디네로가 다섯 병사를 이끌고 서 있었다. 전부 디네로가 자신의 영지에서 데려온 청년들로, 깊은 충성을 맹세한 믿음직한 자들이었다.

"무사한가?"

"예. 디네로 님은요?"

"나도다. 하지만, 앞으로는, 어떻게 될지, 알 수 없어."

"그러네요. 하지만 저택을 포위하고 있는 사람은 누굴까요? 역시 '날개의 기도' 분들일까요?"

두 사람이 긴장감이 결여된 대화를 나누는데, 건물 안 어딘가에서 파열음과 노성이 울려 퍼졌다.

결국 침입자 무리가 저택 안으로 밀고 들어왔으리라.

"왔나."

그렇게 중얼거린 디네로 두 눈에는 날카로운 빛이 가득 찼다. 평상시에는 알리시아와 마찬가지로 어딘가 달관한 채 멍하니 있는 듯이 보이지만, 그는 꽤 강했다.

"적들이, 불을, 사용하면, 곤란해진다. 밖으로, 나간다."

이전에 디네로의 저택이 기습당했을 때도, 얼마 전에 티르나드가 끌려갔을 때도 불을 사용했다. 상황을 생각했을 때, 상대는 '날개의 기도' 교단일 가능성이 높았다. 그렇다면 똑같은 수법을 사용할 가능성도 높았다.

이대로 건물 안에 남아 있으면 위험하다고 판단한 디네로는 손에 든 램프를 갑자기 알리시아에게 건넸다.

"아, 예, 제가 들…… 꺅!"

조건 반사적으로 램프를 받아 든 알리시아의 몸이 허공에 떴다.

램프째 알리시아를 안아 올린 디네로는 레네에게 한마디, 확인을 구했다.

"긴급, 사태다."

"어쩔 수 없지요."

레네는 디네로와의 접촉을 피하라고 알리시아에게 계속 말했다. 하지만 지금은 알리시아의 안전을 우선해야 한다고 판단했으리라. 디네로에게 운반 역할을 맡기고 자신은 나이프를 꺼냈다.

준비가 갖춰졌는지를 확인한 디네로는 다섯 병사에게 눈짓하며 이동하기 시작했다.

"디네로 님, 세이그람과 노라는요? 세이그람은 아직 상처가 다 낫지 않았을 텐데요……."

램프를 든 알리시아가 묻자, 디네로는 짤막하게 대꾸했다.

"사람은, 보냈지만, 어떻게 됐는지는, 모르겠다."

이 절박한 상황에서는 그 정도가 고작이었으리라.

"리드렉은요?"

"내부를, 지휘하고, 있다. 나와, 너에게, 우선, 도망가라고."

"그렇…… 군요. 우리가 도망치지 않으면 고용인도 몸을 피할 수 없으니까요……."

다들 무사하면 좋을 텐데. 그렇게 생각하며 알리시아는 디네로의 팔에 매달려 있었다.

가장 가까운 탈출구는 저택 측면 출입구였다. 병사들이 닫힌 문을 걷어차 열었다. 그러자 그 앞에 얼굴을 가리고, 불화살을 손에 든 침입자들이 달빛을 받으며 주변을 빙 둘러싸고 있었다.

카슈반이 배치해놓았던 경비병은 이미 그림자도 볼 수 없었다. 저택 내부에는 아직 소동이 계속되고 있었지만 적들은 단숨에 돌입하지 않고 있었다. 그 점을 보면 큰 소동을 일으키지 않고 일을 조용히 처리하려는 듯싶었다.

"어머…… 이래서는 조금 힘들겠네요."

불화살이 전부 자신들을 향하는 모습은 어둠 속에서도 무척 잘 보였다. 그 광경을 본 알리시아는 바로 그렇게 판단했다.

"노리는 게, 뭐냐?"

알리시아와 마찬가지로 도망칠 길이 없다고 판단했으리라. 디네로는 주눅 드는 일 없이 질문했다.

"죽일 생각이었다면, 벌써, 불을 질렀을, 거다. 노리는 게, 뭐냐?"

"당신과 알리시아 님입니다."

목소리는 등 뒤에서 들렸다.

결의를 다진 표정으로 말한 사람은 디네로가 데려온 병사 중한 명이었다. 손에 들었던 검을 자신이 충성을 맹세한 대상인 디네로의 등에 갖다 대고 이렇게 외쳤다.

"디네로 님. 역시 이 아즈베르그 지방의 영주는 당신입니다!"

절박함이 담긴 그 목소리를 들은 디네로의 눈에 괴로운 빛이 떠올랐다.

"그런, 거였나. 경비도, 한패였군."

"디네로 님과 저……? 꺅!"

한 박자 늦게 복창한 알리시아의 얼굴에 피가 튀었다. 디네로에게 검을 들이대던 병사의 팔을 레네가 나이프로 그어버렸기 때문이다.

"돌파합니다!"

기합을 넣어 외친 레네가 계속해서 나이프를 휘둘렀다. 디네로 또한 상대가 영민이라도 어쩔 수 없다고 판단했을까, 허리의 검을 뽑을 자세를 취했다.

"아서라……."

피 냄새가 떠돌기 시작한 전장에 나른한 남자 목소리가 울렸다.

불화살을 손에 든 병사 사이에서 홀연히 모습을 나타낸 자는 비쩍 마르고 키가 큰 남자였다. 앞 머리카락이 눈가와 콧등을 가리고 있는 남자는 등까지 뻗은, 구불거리는 긴 검은 머리카락을 살랑살랑 흔들면서 걸어왔다.

"상처라도 입으면 앞으로 돌봐야 하는 수고만 늘어난다…….

날뛰어도 도망칠 길은 없어…….”

　목소리, 거기다 앞 머리카락 사이로 힐끗 들여다보이는 얼굴로 판단하건대 30대 정도 같았다. 34살쯤이려나, 알리시아는 그렇게 생각했다.

　남자는 낡은 셔츠에 바지라는, 어디서나 볼 수 있는 차림을 하고 있었다. 하지만 셔츠 깃은 낡다는 표현만으로는 끝낼 수 없을 정도로 너덜너덜하고 누렇게 바래 있었다. 바짓단에도 역시 진흙이 묻고 꼬깃꼬깃했다. 위험한 말을 입에 담고 있었지만, 단정치 못한 복장과 맞물려 길게 늘어지는 어조 때문에 긴장감이 느껴지지는 않았다.

　“그래서 이렇게 손이 많이 가는 준비를 했다……. 얌전히 따라와라…….”

　명령조차도 나른한 어조로 내리는 남자의 목소리에, 레네가 한순간 디네로 쪽으로 시선을 향했다.

　다음 순간, 레네는 휙 몸을 돌렸다. 팔을 억누른 채 신음하고 있는 병사의 옆을 빠져나가 어디론가 모습을 감추었다.

　“레네!”

　알리시아가 놀라서 목소리를 높였다. 그런 알리시아에게는 아랑곳하지 않고, 방금 그 남자는 또다시 나른한 듯이 중얼거렸다.

　“‘날개의 수호’의 생존자인가……. 라이센에게 알리러 갔나……? 뭐, 상관없지…… 너희 두 사람만 있으면.”

　그렇게 말하고는 남자는 하품을 하면서 등 뒤 병사들에게 명령했다.

"아 진짜, 밤에는 일 좀 시키지 말아 달라고……. 저 둘을 잡아라……. 상처를 입혀도 괜찮지만 죽여서는 안 돼……."

"상처를 입혀도 안 돼요, 레오니아 씨!"

레오니아라고 불린 키가 큰 그 남자 등 뒤에서 불쑥 얼굴을 내민 사람은 갈색 머리카락을 가진 사람 좋아 보이는 청년이었다.

레오니아와 마찬가지로 옷은 약간 칠칠치 못하게 입고 있었지만, 목깃과 바지 끝단이 더러워졌거나 하진 않았다. 잘 보면 벨트를 이중으로 매거나, 색이 선명한 천을 더 끼워 넣거나 하는 등 나름대로 치장을 하고 있음을 알 수 있었다.

"류크…… 너도 잠자코 있어라……."

레오니아가 귀찮은 듯이 말해도 류크는 멈추지 않았다. 흥미로운 듯이 디네로의 팔에 안긴 알리시아에게 시선을 향했다.

"아, 저기 저기, 네가 소문의 사신 공주지? 나는 류크라고 해! 얼굴을 잘…… 얼레?"

레네의 행방을 좇아 옆을 보던 알리시아가 시선을 전방으로 향했다. 그러기 무섭게 류크는 눈을 동그랗게 떴다.

"어, 얼라리요? 네가 소문의 사신 공주?"

"예. 전데요."

"얼레, 이상하네. 소문으로는 '그 외모는 밤하늘에 빛나는 창백한 달과도 같다'고 하던데…… 어라라?"

뭔가 과도하게 기대를 하고 있었는지, 물음표를 사방으로 흩뿌리는 류크에게 디네로가 단언했다.

"알리시아는, 귀엽다."

"아아, 당신이 아즈베르그 공작님이군요! 와아, 어느 쪽이냐고 하면 당신 쪽이 창백한 달이라는 느낌이네요, 아야야야!!"

입에 발린 소리를 하던 류크가 허벅지 부근을 누르면서 비명을 질렀다.

"창작 의욕은 잠시 죽여놔라……. 바로 출발한다……."

레오니아의 손에서 뻗어 나온 금속제 가느다란 몽둥이 끝이 류크의 허벅지를 찌르고 있었다. 알았습니다, 라고 신음하는 류크의 대답을 듣고 레오니아는 말없이 손목을 뒤집었다.

금속 봉이 손안에서 똑바로 섰다, 라고 생각하기 무섭게 스르륵 스르륵 소리를 내면서 짧아졌다. 세이그람이 가진 소형 채찍 정도 길이로 줄어든 그것을 레오니아는 품에 집어넣었다.

"와아 대단하다. 재미있는 물건을 가지고 계시네요!"

결국 눈을 반짝거리고 만 알리시아를 안은 채 디네로는 레오니아를 노려보았다.

"우리, 이외에도, 죽이지 마라. 상처도, 입혀선 안 돼."

"거야 두 사람의, 마음가짐 나름이지……."

검은 머리카락의 틈으로 들여다보이는, 삼백안 기미가 있는 레오니아의 검은 눈동자가 아릿하게 빛났다.

[제3장] 물밑의 성자

흔들리는 마차 밖으로 보이는 광경은 거의 공기구멍이라도 해도 좋을 정도로 작은 창문 너머의 푸른 하늘뿐.

상쾌한 하늘의 빛을 볼 때, 아즈베르그 지방이 아니라는 사실 정도는 짐작이 갔다. 그러나 페이트린인지 오델인지 레이덴인지, 그도 아니면 다른 장소인지 전혀 알 수 없었다.

"아직 그렇게까지 멀리 오진 않았지만…… 후우, 그래도 지루하네요……. 갈아입을 옷을 챙겨올 때, 책도 같이 가져왔어야 했어요……."

한숨을 쉰 알리시아는 깃털을 넣어 만든 푹신푹신한 쿠션에 몸을 기댔다.

그 외에도 마차 안에는 바닥에 고정된 목제 탁자, 물병 등이 갖춰져 있었다. 마차 안이라고는 해도 나쁜 대우는 아니었지만 그래도 마차가 흔들리는 탓에 삭신이 쑤셨다. 그리고 뭣보다 지루했다.

아즈베르그 지방을 떠난 지 벌써 3일이 지났다. 그 사이, 알리시아는 식사와 휴식 시간 이외에는 작은 마차 안에 갇혀 있었다.

습격해 온 것은 역시 '날개의 기도' 교단이었다. 거기까지는 알 수 있었지만, 자신과 디네로를 어디로 데려가려 하는지는 아직 알 수 없었다.

이전에 엘릭스에게 끌려갈 때와 마찬가지로 몇 번인가 도망치려고 해봤다. 하지만 상황은 그때보다 나빴다. 마차 안에는 알리시아밖에 없지만, 마차 밖에서는 수십 명이나 되는 교단 병사가 마차를 에워싸고 있었다. 볼일이 있을 때는 그중 한 사람이나 두 사람이 마차로 들어오곤 했다.

"바깥에 있는 다른 분들은 지루하지도 않으신가요. 얘기도 전혀 안 하시네요……."

대놓고 도망치게 해달라고 부탁하거나, 돈과 관련된 화제로 말을 걸어도 병사들은 필요한 말 이외에는 일체 입을 열지 않았다. 매우 잘 훈련된 병사인 듯했다. 그래서 알리시아도 도중부터는 이야기 자체를 포기했다.

"디네로 님은 뭔가를 알고 계실지 모르겠지만, 이야기를 할 수 없고……."

디네로는 알리시아와 다른 마차에 태워져 똑같이 어딘가로 끌려가고 있었다.

식사는 함께하니까 말을 거는 자체는 가능했다. 하지만 항상 감시꾼이 붙어 있어서 중요한 일을 물어보려고 하면 두 사람을 바로 떼어놓았다.

덧붙여 마차에서 내릴 때는 두꺼운 천으로 눈을 가린다. 알리시아는 안경을 벗기기만 해도 충분히 아무것도 볼 수 없었다. 하지만 그렇게 말해도 통하지 않았다.

"하지만 이렇게까지 경계한다니 역시 교단 본거지로 끌려가고 있을까요?"

협력자를 가장한 지스칼드조차도 모르는 '날개의 기도' 교단
의 본거지. 그곳에는 성녀 아셸의 이름을 사칭하는 가짜 성녀가
있을 터였다.

설령 가짜라 하더라도 거대한 날개를 짊어진 소녀라는 점만으
로도 알리시아는 가슴이 두근두근했다.

만날 수 있다면 꼭 만나고 싶어요. 그렇게 기분이 고양되기도
잠시, 알리시아는 쿠션에 푹 몸을 묻었다.

"……카슈반 님."

어디로 향하는지 알 수 없지만, 나아가면 나아갈수록 길이 나
빠지고 있었다. 덜그럭덜그럭 엄청 시끄러운 마차 안에서 살그
머니 불러본 이름은 알리시아 자신에게도 잘 들리지 않았다.

잘 다녀오라는 입맞춤과 함께 남편을 배웅하고 나서 얼마나
지났을까.

신기하게도 만나지 못하는 시간이 길어지면 길어질수록 카슈
반을 생각하는 횟수가 늘어났다. 머리카락을 쓰다듬어주는 커다
란 손, 웃으면 살짝 젊어 보이는 얼굴.

나는 이제 돌아오지 않는 편이 좋을까, 그렇게 물었을 때 안
타까움을 띠던 검은 눈동자.

"카슈반 님은 무사하시겠죠……? 루아크도 렉산드르 자작님
도 제다도 있으니까요……. 괜찮으시겠죠……? 아, 트레이스도
있었죠……."

가지고 있는 전투 능력을 생각하면 어쩔 수 없는 일이었지만,

트레이스가 들었다면 약간 실망했을 말을 중얼거리며 알리시아
는 눈을 감았다.

"세이그람도, 노라도, 레네도, 리드렉도, 레이덴 백작님도 전
부 무사하겠죠……? 어쩌면 내가 돌아갈 수 없을지도 모르지만
전부 괜찮겠죠……."

그 혼잣말이 갑자기 무서워져서 알리시아는 쿠션 위에서 몸을
움츠렸다.

"……싫어……."

저도 모르게 입을 뚫고 나온 말이 더 무서워서, 쿠션 위에서
움츠린 몸을 딱딱하게 굳혔다.

목숨을 위협받지 않고, 최소한 의식주만 보장된다면 알리시아
는 어디에서든 살아갈 수 있었다.

부모님이 돌아가신 후, 줄줄 비가 새는 본가에 혼자 남겨졌을
때도 잠시 동안은 매우 슬펐지만 곧 다시 일어섰다. 후견인인 헤
이스덤이 이 핑계 저 핑계를 대며 점차 생활비를 줄여갔지만, 그
범위 안에서 생활하며 불평한 적이 없었다.

아무도 없는 저택에서 혼자 집안일을 하고, 먹을 게 없으면
비료불요초를 갉아먹는 생활에도 금방 익숙해졌다. 페이트린의
저택을 유령 저택으로 착각하고 시간도 죽일 겸 저택에 발을 들
여놓은 이웃 귀족에게 바보 취급당하는 일도 아무렇지 않았다.

그와 비교하면 지금은 축복받았다고도 할 수 있었다. 엄중히
감시받고 있었지만 식사는 반드시 나왔고, 알리시아의 몸도 무
척 신경을 써주고 있음을 알 수 있었다. 이렇게 아주 소중하게

데려가는 일 자체가 죽일 생각은 없다는 증거였다.

알리시아와 디네로가 무슨 해를 입을 걱정은 없었다.

그렇다고 이제 두 번 다시 만날 수 없을지도 모르는 사람은 어떻게 되든 상관없을까?

적극적으로 어떻게 돼버렸으면 좋겠다고 생각하진 않지만, 그렇게 돼도 어쩔 수 없는가?

"……아니에요. 다들…… 전부 무사했으면 좋겠어요. …… 반드시."

알리시아는 자신과 관련이 있는 사람들을 전부 좋아했다.

좋아하기에 그들이 살아 있기를 바랐다. 당연한 일이었다.

하지만 반드시라는 말, 지금까지 써본 적이 거의 없었는데.

자신이 어디에 있는지도 잘 알지 못하는 알리시아가 멀리 떨어진 곳에 있는 사람들에게 뭔가 해줄 수 있을 리 없었다. 그런 사실은 잘 알고 있었다.

점차 사치스러워지는 자신을 자각하지 않을 수 없었다.

원래 알리시아는 지나칠 정도로 대범하고 느긋한 면이 있었다. 그러나 알리시아도 처음부터 모든 일을 아무렇지도 않게 받아들였던 사람은 아니었다.

그러니까 사치스러워지는 게 무서웠다.

한 번 사치스러움을 경험한다면 분명히 지금처럼은 지낼 수 없을 테니까…….

"어이, 알리시아."

시끄러운 마차 바퀴 소리에 지지 않을 정도로 큰 목소리가 밖에서 들려왔다.

어두운 기분을 날려버리는 밝은 목소리에, 알리시아는 몸을 일으키고는 미소를 지었다.

"어머…… 류크. 잘 있었어요?"

똑같이 큰 목소리를 내자 류크가 인사를 보내왔다.

"응, 잘 지냈어! 슬슬 식사할 거래. 조금 전에 산새를 잡은 모양이니까, 기대해도 좋을 거야!"

'날개의 기도' 교단 제7계제, 수습 성직자에 속하는 류크는 요즘에는 허물없이 알리시아를 대하고 있었다.

처음에는 '사신 공주'의 소문과 현실의 격차가 너무 커서 실망한 모양이었지만, 본래 사람을 잘 따르는 성격인 듯했다. 동행하는 병사들은 류크와 대화다운 대화를 해주지 않고, 레오니아는 귀찮아하며 상대를 해주지 않는다고 했다. 그래서 사로잡힌 몸이라고는 생각할 수 없을 정도로 속 편하게 대응해주는 알리시아의 태도가 기쁘다고 했다.

"어머, 기뻐라. 말린 고기도 좋지만 가끔은 신선한 고기가 먹고 싶어지죠."

여정이 길기 때문일까, 일행은 때때로 사냥을 하면서 나아가고 있었다.

조금 전까지 생각하던 내용은 어디로 던져버렸는지 알리시아는 산새고기의 질감을 상상하면서 황홀하다는 표정을 지었다. 그러다가 문득 생각나는 점이 있어 질문했다.

"저기, 류크. 산새를 잡을 수 있었다면 여기는 산인가요?"

그러니까 길이 이렇게 나빠졌구나. 그렇게 생각하면서 묻자 이번에는 류크의 대답이 돌아오지 않았다.

그러고 보니 류크는 적이었죠. 그 사실을 떠올리며 알리시아는 사과했다.

"미안해요. 말 못 하는 일이었죠. 식사, 기대하고 있을게요."

"……응! 나야말로 미안해. ……앗, 죄송합니다. 이제 그만 할 테니까—!"

후반부에 가서 류크의 목소리가 갑자기 튀어 오른 이유는 적당히 하라고 주위에서 나무랐기 때문이리라.

그의 목소리는 바로 들리지 않게 되었다. 그러나 오래 기다릴 필요도 없이 알리시아를 태운 마차는 정지했다.

향신료를 뿌리지 않았어도 맛있는 냄새가 코끝을 스쳤다.

"아— 앙, 앗, 뜨거워!"

고기를 입에 갖다 줄 때까지 기다리지 못하고 알리시아는 자신이 먼저 고기에 입을 가까이 갖다 대려 했다. 그러나 눈가리개를 한 상태라, 어림짐작에 실패해 혀끝을 가볍게 데고 말았다.

"우왓. 미안해, 알리시아. 괜찮아?"

푹 삶은 산새고기를 먹이려던 류크의 손이 초조한 나머지 한층 더 엉켜버렸다. 알리시아 자신은 도주 방지를 위해 등 뒤로 손이 묶여 있어서 어떻게 할 수가 없었다.

"알리시아, 움직이지 마. 보이지 않을 테지만 그쪽은 깔개가 없어서 넘어지면 위험해!"

일행은 지면에 깔개를 깔고, 그 위에 앉아 식사하고 있었다. 그렇다고는 해도 알리시아는 눈가리개를 하고 있어서 풀냄새가 강하다는 것 외에는 주위 상황을 전혀 알 수가 없었다.

그러나 레오니아가 아무렇게나 손을 뻗어 알리시아의 입술에 물이 든 그릇을 갖다 대주었다.

"아, 고마슈미다."

데인 혀끝을 가볍게 꼬부리면서 알리시아는 감사 인사를 했다.

"공주의 시중을 제대로 들어라, 류크……."

당황한 류크에게 물그릇을 들게 하면서 레오니아는 사뭇 귀찮다는 듯이 그를 노려보았다.

"마음 놓고 점심도 못 먹겠잖냐……. 내 수고만 늘릴 뿐이라면…… 다른 녀석한테 맡기겠다……."

"아, 아뇨! 제가 하겠습니다! 저기 알리시아. 미안, 자, 아—앙."

서둘러 대답한 류크는 그릇에서 뜬 새고기를 신중하게 알리시아의 입가까지 날라주었다.

"저기, 레오니아 씨. 알리시아의 손이라든가 눈이라든가 슬슬 자유롭게 해줘도 좋잖아요? 알리시아는 전혀 그렇게 보이지 않지만 지방백 영애잖아요? 불편하기도 할 테고, 뭣보다 이 모습, 전혀 아름답지 않아요."

손을 뒤로 묶이고 눈까지 가려진 채, 커다란 고기를 열심히 씹으려는 알리시아를 류크가 가련하다는 눈빛으로 바라보았다. 알리시아를 바라보며 류크는 옆에 앉은 레오니아에게 그렇게 물었다.

"안 돼……. 저쪽은 제대로 하고 있다……. 네놈이 시중드는 게 서툴 뿐이다."

저쪽, 이라면 깔개 반대편, 알리시아와 똑같은 상태로 식사를 하는 디네로를 말하는 것이다.

"어, 그런가? 저 사람 표정으로 나타내지 않았을 뿐이지 방금 '뜨겁다'라고 한 것 같은데……. 아, 그렇다. 레오니아 씨. 이럴 때야말로 언제나 하시던 발명을 하세요!"

"발명?"

호기심을 자극당한 알리시아는 입에 음식을 넣은 채 되묻고 말았다. 그런 알리시아에게 류크가 설명해주었다.

"레오니아 씨는 발명이 특기야. 자요, 여느 때처럼 이 상태로도 뜨거운 음식을 간단히 먹여줄 수 있는 도구를 짠 내놔 보시라고요."

"수고를 줄이고 싶을 때…… 필요한 걸 만들 뿐이다……."

레오니아는 하품을 하면서 나른한 듯이 독자적인 발명 이념 비슷한 말을 하기 시작했다.

"저쪽은 제대로 하고 있다고 말했을 텐데……. 네가 제대로 하면 돼……. 발명으로 줄일 수 있는 수고가…… 발명하는 수고를 상회하지 않으면 안 만들어……."

"하지만 제가 능숙해질 때까지 기다리기에는 알리시아가 불쌍해요."

"그럼 좀 더 식혀……."

"식은 고기는 질겨서 맛없잖아요. 그러니까 역시 자유롭게 해주자고요! 괜찮잖아요. 아즈베르그 지방에서도 꽤 멀리 왔고, 아무리 후견인이 있는 지방이라고 해도 레이덴 지방에 관해서는 잘 알지 못할 거예요."

"이봐……."

토지 감각이 없으니까 괜찮다. 그렇게 역설하는 류크의 말을 레오니아의 한숨이 가로막았다.

"어머, 여기 레이덴 지방인가요? 그럼 '날개의 기도' 교단의 본거지는 레이덴 지방에 있나요?"

입안에 든 음식을 삼킨 알리시아가 그렇게 묻는 통에 류크가 새파랗게 질리고 말았다. 그런 류크를 보고 레오니아가 질렸다는 얼굴을 했다. 그렇다고는 해도 표정은 지저분하게 자란 앞 머리카락에 대부분 가려져 있었지만.

"류크, 네놈은 정말……. 다시 태어난 게 아니었냐……?"

"죄, 죄송합니다! 이야, 하지만, 알리시아는 뭐랄까, 잘 모른다는 느낌이라서요!"

횡설수설 변명을 늘어놓는 류크의 모습에 레오니아는 더 추궁하기를 포기했다.

"뭐 괜찮겠지…… 대신 절대 놓치지 마라……."

후아 크게 하품을 하고 나서 레오니아는 묵묵히 고기를 씹는 디네로를 바라보았다.

"나도 슬슬…… 귀찮은 얘기를 해야 하니까 말이야……."

　식사 도중에 알리시아의 손과 눈을 자유롭게 해준 류크는 안경까지 씌워주고 일행에게서 살며시 떨어졌다.

　두 사람이 향한 곳은 짙은 녹색 이끼에 덮인 평평한 돌이 겹겹이 겹쳐져 만들어진 작은 언덕 위였다. 주변을 둘러보니 전방에는 키가 큰 나무에 둘러싸인 산이 몇 개나 겹쳐져 있었다.

　"어때? 알리시아. 여기 경치 멋지지? 정말 멋진 그림이 된다니까. 아즈베르그 지방 경치도 처음에는 무척 이색적이었는데, 어딜 보나 다 똑같아서 조금 질리더라."

　"예. 진짜 푸른 하늘과 녹색의 대비가 정말 멋지네요."

　이곳이 아즈베르그 지방과 레이덴 사이에 있다는 산맥일까. 그렇게 생각하며 맞장구를 친 다음 순간, 귓가에 카슈반과 나눈 대화가 되살아났다.

　—시시하지? 아즈베르그 지방의 경치는.

　—원래부터 경치에 색이란 게 없어. 어디를 보든 검은색이나 하얀색, 회색이지. 토지도 척박한데, 경치도 이래서 관광객을 부를 수 없어.

　—그런가. 너한테는 이런 풍경도 진귀해서 재미있나 보군. ……정말이지, 뭐든 싸게 먹혀서 살았다니까.

　"카슈반 님도…… 이 경치를 보고 싶으실까……?"

　눈썹을 살짝 모으며 혼잣말을 하는 알리시아를 힐끗 보고는,

류크는 기지개를 켰다.

"그나저나 위험했어. 레오니아 씨를 화나게 할 뻔했거든."

"아, 예, 그러네요. ……하지만, 음 그러니까, 우리만 와도 괜찮은 건가요? 류크."

레오니아의 분노를 두려워하는 것치고는 꽤 대담하고, 또 느긋한 행위였다. 류크는 혼나는 순간은 가련할 정도로 허리를 숙였지만, 시간이 조금 지나면 바로 이렇게 천연덕스럽게 제멋대로 행동했다.

"괜찮다니까. 이런 곳에서 여자아이가 혼자서 도망쳐봤자 위험하기만 하거든. ……그러니 도망치지 말아줘, 알리시아."

"가능하다면 도망치고 싶지만, 그러네요……. 디네로 님을 두고 갈 수도 없고, 분명히 이곳에서 도망쳐봤자……."

지형은 대략 파악했다지만 주변에는 인가도, 사람 그림자도 없었다. 여기서 도망쳐봤자 굶어 죽든가, 짐승에게 습격당하리라.

하지만 특정 풀은 먹을 수 있어요. 그렇게 생각하며 알리시아는 주변을 둘러보며 머리를 굴리기 시작했다. 그 모습이 어지간히 진지해 보였는지 류크가 갑자기 약한 모습을 보였다.

"으, 응. 미안해, 하지만 진짜로 도망치지 말아줘. 나, 다음에 뭔가 실수하면 이번에야말로 확실하게 교단에서 쫓겨날 거야. 나도 자세히는 모르지만 알리시아나 아즈베르그 공작님에게 손해가 되는 얘기는 아니라니까, 부탁해. 제발 얌전히 있어 줘."

"그럼 일단은 그렇게요. 그건 그렇고 류크, 교단에서 쫓겨나

나요?"

마지막에는 빌다시피 부탁하는 류크에게 질문하자, 그는 머리를 긁적긁적 긁었다.

"아―, 응. 그렇다고나 할까, 이미 절반 정도는 쫓겨난 상태인데. ……사실, 난 원래 레이덴 지방 농민이었어. 집안일은 별로 돕지 않았지만…… 그런 탓에 집에서도 쫓겨났거든."

전후 맥락을 파악하기 힘든 류크의 이야기를 종합해보면, 즉집에서 쫓겨나 '날개의 기도' 교단에 들어갔다. 그런데 그곳에서도 쫓겨날 위기에 처했다는 이야기였다.

"뭐 집에서 쫓겨난 일은 내가 잘못해서 그리되었으니 할 말이 없어. 그림에만 매달려서 집안일은 거의 돕지 않았거든. 하지만 전혀 안 거든 건 아니야! 그저, 한창 단순 작업을 하면 신기하게도 창작 의욕이 마구 샘솟더라고. 지금 머릿속에 있는 그림을 그려야 한다는 마음이 들면 가만히 있을 수가 없어서, 결국."

"맞아요. 류크는 그림 그리기를 좋아하기도 하고 또 그림을 잘 그리기도 하죠."

류크의 그림은 지금까지 몇 번 본 적이 있다. 가르침 구절이 가득 적힌, 아마도 성직자가 '날개의 기도'의 가르침을 베껴 쓴 듯한 종이 뭉치 뒷면이 류크의 화집이었다.

평상시 보이는 생각 없고 느긋한 모습으로는 상상할 수 없을 만큼 그림은 정교했고 음영의 균형 부분에서 독특한 감성을 드러내고 있었다. 특별히 누군가에게 지도를 받거나 하진 않았다고 했다. 그 점을 보면 아마도 천부적인 재능이리라.

"헤헤, 고마워. 내 그림은 교단의 높으신 분도 인정해줬어. 그래서 지금 새 아셀님을 위해 짓는 새 성당에도 그림을 그리게…… 아아앗!"

쑥스러워하며 웃은 류크는 말하던 도중 파닥파닥 양손을 마구 흔들며 소란을 피우기 시작했다.

"우와, 미안해! 지금 말은 못 들은 것으로 해줘!"

"어디를요? 높으신 분이 그림을 인정해줬다는 부분?"

"거긴 괜찮아, 더 칭찬해줘도 좋아! 그게 아니라 새…… 아아, 아니 이제 됐어. 어차피 나중에 가면 알게 될 테니까!"

도중에 정색한 류크의 목소리를 들으며, 알리시아는 '그럼, 새 아셀님이라고 한 부분……?'이라고 생각에 잠겼다.

몇백 년도 더 전, 아무도 신을 믿지 않던 시대에 혼자서 신앙을 관철했던 소녀. 신을 믿지 않는 불경한 자들로부터 박해를 받아 절벽 끝까지 몰려 끝내 절벽에서 몸을 던진 소녀. 신은 소녀의 등에 더 높은 나라로 날아오를 수 있는 날개를 주었다.

이후로 사람들의 신앙의 대상이 되었다는 날개를 가진 성스러운 소녀 아셀.

'날개의 기도' 교단에 있는 아셀은 가짜다. 루아크는 그렇게 말했는데 '새 아셀님'이라니 대체 무슨 말일까.

"성녀님에도 오래된 성녀님과 새 성녀님이 있나요? 저기, 오래된 쪽이라도 좋으니까 나, 한번 만나고 싶어요. 우리가 향하는 곳이 '날개의 기도'의 본거지라면 거기 계시겠죠? 류크는 만난 적이 있나요?"

"으, 응. 뭐. 그게 아니라, 이제 그 일은 신경 쓰지 마, 알리시아! 앗, 맞다. 보여주고 싶은 물건이 있어!!"

억지로 화제 전환을 한 류크는 호주머니에 손을 찔러 넣더니 뭔가를 꺼내 들었다.

"저기, 알리시아. 있잖아, 그림뿐만 아니라 뭔가 만드는 자체를 좋아해. 그래서 그…… 이거…… 받아줄래?"

"어머, 이건…… 저인가요?"

류크가 내민 것은 브로치만 한 크기인 목각 초상이었다. 덩굴 장미로 가장자리를 장식한 타원형 틀 안에 안경을 쓴 소녀의 흉상이 조각되어 있었다.

이런 종류 조각에는 주로 얌전하게 미소 짓는 모습을 새긴다. 그러나 류크가 열심히 조각한 소녀는 매우 즐거워하는 미소를 만면에 띠고 있었다.

지방백 영애다운 우아함과 고귀함과는 거리가 먼 모습이었다. 그러나 보는 사람이 저도 모르게 끌려버릴, 알리시아의 웃는 얼굴이 가진 광채를 류크는 훌륭하게 잡아냈다.

"대단해요, 류크! 이건 비싸게 팔리겠네요!!"

손에 든 조각과 똑같은 미소를 지으며 알리시아가 칭찬하자, 류크는 전혀 겸손해하는 기색을 띠지 않고 웃었다.

"에헤헤, 그래? 고마워. 알리시아는 작은 일에도 무척 행복하게 웃잖아. 그래서 웃는 얼굴을 조각으로 남겨놓고 싶다는 생각이 들었어. 처음에는 그림으로 할까 생각했는데, 마침 조각하기 쉬운 나무를 발견해서, 아야야야야!"

비명을 지른 류크가 자리에서 펄쩍 뛰었다. 고개를 갸우뚱하는 알리시아의 귀에 언덕 밑에서 나른해 하는 레오니아의 목소리가 와 닿았다.

"어딜 갔나 했더니만."

크게 하품하는 그의 손에는 아즈베르그의 저택을 습격했을 때도 가지고 있던 늘어났다 줄어드는 금속 봉이 들려 있었다. 발명은 특기지만 이름 붙이는 데에는 건성인 레오니아가 말하길, '가까이 가지 않아도…… 류크에게…… 주의를 줄 수 있는 봉……'이라고 했다.

그 정체는 안이 빈, 굵기가 조금씩 다른 금속 봉을 겹쳐놓은 것이다. 투척하는 요령으로 기세 좋게 휘두르면 쓱쓱 늘어나서, 지금처럼 떨어진 장소에 있는 류크의 엉덩이를 찌를 수 있다.

"아얏~! 너무하세요, 레오니아 씨!"

류크는 자신이 한 일은 젖혀두고 엉덩이를 문지르며 항의했다. 레오니아는 그런 류크는 무시했다. 졸린 듯이 보이는, 살짝 삼백안 기미가 있는 눈은 알리시아가 손에 든 나무를 파서 만든 초상을 향하고 있었다.

"그건 또 뭐냐……. 혼자서 뭘 부스럭거리나 했더니…… 그런 물건을 만들고 있었냐……."

질렸다는 얼굴을 한 레오니아는 류크의 엉덩이를 찌른 봉을 한 손으로 쥘 수 있는 크기로 짧게 줄였다.

"그런 물건을 만드는 데에는 빠르구먼……. 그런데 부탁받은 일을…… 제대로 하지 않으니까…… 언제까지나 말단에 머물러

있는 거다……."

"농땡이 친 게 아니에요, 정말이라고요! 그저 자신이 납득할 수 있는 제대로 된 물건을 만들려면 좀처럼 기한에 맞추기 어려워서 그럴 뿐이라고요!!"

열심히 자기변호를 시작한 류크는 레오니아가 품속에 집어넣으려는 금속 봉을 보고 충격을 받은 얼굴을 했다.

"아— 앗, 레오니아 씨! 기껏 만들어준 손잡이 부분 장식, 떼어냈어요?! 회심작이었는데!"

"손잡이에 불필요한 물건이 있으면…… 다루기 어려워……."

"레오니아 씨의 발명품은 너무 무미건조하다고요! 아, 진짜 사람을 그런 평범한 봉으로 찌르지 마세요!!"

아우성치는 류크에게는 아랑곳하지 않고 레오니아는 알리시아에게 말했다.

"바보는 무시하지. 공주…… 출발한다……."

"예. ……하지만, 부탁받은 일이라니 뭐죠?"

결국 호기심이 자극받은 알리시아에게 레오니아는 어깨를 가볍게 으쓱해 보였다.

"목적지에 도착하면…… 이야기해줄 수 있는 내용도 늘어난다……. 나도 제약이 많은 몸이라 귀찮아……. 얼른 가자고……."

"……알았습니다."

대답이 보류된 기분을 맛보면서 알리시아는 류크에게 받은 목각 초상을 소중하게 챙겼다. 그리고 엉덩이를 문지르는 류크와 함께 작은 언덕을 내려와 레오니아와 나머지 일행과 합류했다.

"저 돌아왔어요, 디네로 님. 어머, 디네로 님도 이것저것 벗으셨네요."

출발 준비에 바쁜 병사들 속에 디네로가 혼자 서서 물끄러미 이쪽을 바라보고 있었다. 알리시아와 달리 체격이 좋은 거한인 그를 경계하고 있기 때문일까, 병사 몇 명이 곁에 바짝 붙어 있었다. 하지만 눈가리개도 벗었고 양손도 자유로운 상태였다.

"……아아, 어서 와라, 알리시아."

한 박자를 두고 디네로가 인사를 했다.

그 말을 끝으로 아무 말도 하지 않는 상태는 여느 때와 다름이 없었다. 하지만 뭔가를 말하고 싶은 듯한, 색이 옅은 눈은 알리시아에게서 떨어지질 않았다.

"……저, ……왜 그러시죠……?"

불편함을 느낀 알리시아가 먼저 시선을 떼자, 디네로는 '아무것도, 아니다.'라고 말하고는 시선을 돌렸다.

그런 두 사람의 모습을 길게 자란 앞 머리카락을 쓸어 올리며 레오니아가 냉정하게 관찰하고 있었다.

길게 이어진 마차 여행은 류크에게 초상을 받은 날 밤에 끝났다.

그렇다고 해도 여행 그 자체가 끝나진 않았다. 산길을 올라가려면 지금까지 타고 온 마차를 사용할 수 없었기에, 알리시아는 하반신이 튼튼한 당나귀를 타게 되었다.

이곳에서도 도주 방지를 위해 손만큼은 묶여 있었다. 그래서 완고하고 기분파인 당나귀가 갑자기 멈춰 서거나 하면 너무 위험했다.

엉덩이와 허벅지가 얼얼해지는 경험을 잔뜩 하면서도 알리시아는 매번 그랬듯이 상황에 적응했다. '당나귀 고기는 맛있을까요?'라고 생각하면서 당나귀 등에서 흔들린 지 3일째. 점심때가 지났을 무렵이었다.

"아─ 겨우 도착했다아!"

레오니아도 혀를 찰 것 같은 얼굴을 했고, 그다지 표정 변화가 없던 병사들도 눈에 띄지 않게 안도해서 한숨을 내쉬었다. 거구인 디네로를 옮기는 노동을 견디던 당나귀도 기분 탓인지 몰라도, 안도한 표정을 피고 있었다.

"어머, 이곳이 '날개의 기도' 교단의 본거지인가요?"

제대로 안경을 쓰고 있는 알리시아였기에 산 중턱에 서 있는 거대한, 하얀 돌로 만들어진 건물이 보였다.

라이센 저택에 딸려 있는 성당보다 두 배가량 크고 화려하게 만든 건물이었다. 죽 늘어선 원형 기둥과 벽면에 그려진 날개의 문장이 특징적인 호화로운 성당을 중심으로 별관이 두 개 붙어 있었다.

"이건 곳에 건물이 서 있다니…… 정말 대단해요. 석재를 옮기는 데만도 엄청난 노동력과 재력이 필요한데, 역시 종교인은 돈을 잘 버네요."

알리시아의 말에 누구도 대답하지 않는 가운데, 일행은 계속 나아갔다. 이윽고 대성당 앞쪽 광장에 도착하자 알리시아와 디네로는 당나귀에서 내렸다. 정면에 보이는 대성당 정문도 활짝 펼친 날개를 흉내 내어 만들어 놓았다.

"저 문 대단하네요. 저기, 류크, 류크는 저런…… 어머?"

문의 장식에 관해 알리시아가 류크에게 말을 걸려고 했던 때였다. 날개를 본떠 만든 문 건너편에서 한 청년이 나타났다.

긴 검은 머리카락과 하얀 법의 자락이 가을의 기색을 품은 바람에 흔들렸다.

가슴에 늘어진 날개의 문장 밑에는 제3계제 이상인 사교의 증표로 성녀 아셀의 옆얼굴이 새겨져 있었다.

청년은 생긋 웃으면서 환영의 뜻을 나타내듯 양손을 활짝 벌렸다. 한쪽 손등에는 거무스름한 녹색인 둥그런 자국이 남아 있었다. 비료불요초의 독에 찔린 흉터가 있는 이 손의 주인은.

"오랜만입니다. 건강하신 것 같아 다행이군요, 알리시아 님. 아즈베르그 공작은 처음 뵙는군요."

"……유란…… 님."

티르나드의 전 후견인이며, 과거 알리시아가 루아크의 독침으로 손수 찔러 죽였다고 생각했던 성직자. 병사 몇 명을 이끌고 나타난 청년은 봄에 헤어졌을 때와 조금도 다르지 않은 웃는 얼굴로 알리시아와 디네로에게 고개를 숙였다.

"살아…… 계셨군요. 저는 그저…… 어머, 죄송해요."

살아 있다는 말은 들었지만, 실제로 얼굴을 마주하니 놀라웠다.

손을 묶은 밧줄을 푸는 줄도 알아차리지 못한 채 서 있는 알리시아에게 유란은 온화하게 웃었다.

"하하하. 제 일이지만 용케도 살아남았다고 생각하고 있습니다. 정말이지 당신은, 명색이 성직자인 절 찔러 죽이려 하다니 과연 악명 높은⋯⋯ 어이쿠."

이전과 마찬가지로 실언한 유란의 등 뒤로 바닥을 차는 거친 구두 소리가 들려왔다.

"놔라! 놓으라니까!!"

"어머⋯⋯ 레이덴 백작님?! 다행이네요, 살아계셨군요!"

두 병사의 사이에 끼인 모습으로 끌려온 사람은 행방불명이라고 들었던 티르나드였다. 본인은 식은땀을 흘리면서 열심히 날뛰고 있었지만, 훈련이 잘된 병사였기에 특별히 힘들어하는 기색은 없었다.

"살아는, 있지만, 무사하지는, 않군."

디네로가 눈동자를 살짝 가늘게 뜨며 중얼거리는 말을 들은 알리시아도 표정을 흐렸다.

"분명히⋯⋯ 저, 괜찮으신가요? 일단 살아는 계시는데, 얼굴색이 안 좋으세요."

유란과 마찬가지로 하얀 법의를 입었기도 해서 티르나드의 창백한 얼굴색이 한층 더 눈에 두드러졌다. 눈에 보이는 곳에는 상처가 없었지만, 좌우의 병사에게 완전히 체중을 맡기고 서 있는 모습을 보면 다리에 상처라도 입은 모양이었다.

알리시아는 티르나드의 비참한 꼴을 보고 깜짝 놀랐다. 하지만 티르나드는 알리시아보다 더 놀란 듯했다.

"알리시아 님! ……아아, 정말로 아즈베르그 공작까지……!!"

알리시아와 디네로의 모습을 인식한 티르나드는 절망적인 목소리를 흘렸다. 아무래도 두 사람이 끌려왔다는 사실을 사전에 들어 알았던 모양이었다.

"안 됩니다, 도련님. 오랜만에 만나는 분에게 제대로 인사도 하지 않고…… 어쩔 수 없는 분이군요. 당신의 재교육에는 조금 더 시간이 걸리겠네요."

철없는 장난을 친 어린아이를 보는 부모처럼 유란은 입가에 상냥한 미소를 띠고 있었다.

그러나 그 미소에 티르나드는 눈에 보일 정도로 표정을 굳혔다. 그 웃는 얼굴에는 알리시아도 으스스함을 느꼈을 정도였다.

"뭐 괜찮겠지요. 시간은 많으니까요. 티르 도련님, 알리시아 님. 그리고 아즈베르그 공작. 세 분은 좀 더 지방백의 피를 이은 인간으로서 자각을 가져주셔야겠습니다."

자애롭다고도 형용할 수 있는 미소를 품은 눈동자가 알리시아와 디네로를 평등하게 바라보았다.

"라이센 공작의 부고도 곧 도착할 겁니다. 그런 뒤에는 두 분이 결혼하셔서 부부가 사이좋게 아즈베르그와 페이트린을 통치하시게 될 겁니다."

"엇?"

엄청난 말을 너무 아무렇지도 않게 말하는 바람에 자칫하면 그냥 흘려들을 뻔했다. 카슈반 님은 라이센 '강'공작이랍니다, 이렇게 정정해야 한다는 생각도 잊고, 그대로 유란이 한 말을 반복했다.

"부고라니…… 앗, 게다가 겨, 결혼? 제가? ……디네로 님과?"

알리시아는 저도 모르게 디네로를 쳐다보았다. 그러나 디네로는 여느 때와 다를 바 없는 무표정한 얼굴로 조용히 알리시아를 쳐다볼 뿐이었다.

디네로의 몫까지 놀란 사람은 류크였다. '나는 그런 얘기 들은 적 없어요?!'라고 아우성을 쳤지만 옆에 있는 레오니아는 귀찮은 듯이 하품을 크게 할 뿐, 상대도 하지 않았다.

"그만둬라, 유란. 알리시아 님은 라이센의 아내라고!"

한 번은 침묵했던 티르나드가 눈을 껌벅거리는 알리시아를 대신해 유란에게 대들었다.

그러나 유란은 혈색을 바꾼 티르나드를 보고 어디까지나 온화하게 웃을 뿐이었다.

"알고 있습니다. ―하지만 두 사람의 결혼을 절대로 용납할 수 없다. 이렇게 말하면서 제가 말려도 듣지 않고 아즈베르그로 돌격했던 분은 도련님, 당신이 아닙니까?"

사람이 이렇게까지 변할 수도 있네요. 그렇게 야유당한 티르나드의 말문이 막혔다.

과거에 저질렀던 여러 가지 일을 떠올리고 있어서일까, 부끄러워하듯이 눈을 내리깐 그에게 유란은 가여워하는 목소리를 냈다.

"불쌍하게도 완전히 라이센 공작의 사고방식에 물들었나 보군요. ……하지만 걱정하지 마십시오. 이번에야말로 제가 당신을 훌륭한 레이덴 가 당주로 만들어드리겠습니다."

마음에서 우러나오는 상냥함과 위로하는 마음으로 가득 찬 말.

이전보다도 실언도 줄고 어딘가 믿음직스러워 보이는 유란의 말에는 설득력과 포용력이 있었다.

그러나 달콤한 유혹을 걷어차고 티르나드는 외쳤다.

"너는 이제 내 후견인이 아니다! ……교육 담당도 아니다!! 내게는 라이센과 세이그람이 있어!"

"아아, 도련님. 너무하시는군요. 그런 말씀을 하시다니."

"너무한 게 누군데! ……나는…… 나는 줄곧 너를 믿었는데."

말끝을 흐리는 티르나드의 말에 유란의 절절한 호소가 겹쳐졌다.

"제게 라이센 공작만이 아니라, 세이그람이라는 남자까지 죽이라고 하시는 겁니까? 한번은 도련님이 목숨을 구걸해 살아남은 사람을…… 정말 잔인한 분이시군요."

그 말에 티르나드는 굳어버렸다. 알리시아도 놀라서 유란을 바라보았다.

온화하고 상냥해 보이는 유란은 언뜻 보면 이전과 달라진 점이 없어 보였다.

 그런데 미소를 띠고 있는 두 눈은 한없이 맑았다. 너무 맑아서 어떤 반론도 다 흡수해서 정화해버릴 느낌이었다.

 기분 탓인지는 몰라도 아군일 터인 류크나 다른 병사들도 얼굴을 살짝 실룩거리는 듯했다. 그러나 유란은 천연덕스러운 얼굴로 계속해서 말을 이었다.

 "하지만 그들이 없어지지 않는 한 당신의 후견인과 교육 담당 자리가 비지 않는다고 말씀하신다면 어쩔 수 없지요. 이것도 다신이 내리신 시련. 티르 도련님이 물밑 왕국으로 가는 길을 저지할 수만 있다면 저는…… 설령 다시 한번 물밑 왕국에 가는 한이 있어도 반드시 지켜드리겠습니다."

 "엇, 어머? 유란 님, 물밑 왕국에 갔다 오셨나요?"

 물밑 왕국이란 생전의 선행이 부족해 더 높은 나라에 도달할 수 있을 만큼 강한 날개를 얻지 못한 신자들이 도착하는 장소다. 바다 밑에 존재한다고 여겨지고 있기에, '날개의 기도' 신자들은 물과 관련된 죽음을 꺼렸다.

 죽은 자가, 그것도 날개를 얻지 못한 자가 다다른다는 나라에 유란은 갔다 왔는가. 알리시아는 놀란 감정을 소리 내고 말았다.

 "예…… 당신 덕분에 말입니다, 사신 공주."

 유란의 맑은 눈동자가 알리시아 쪽을 향했다.

 "계획이 실패한 책임을 추궁당하고 제 신앙과 다시금 대면할 기회를 얻었습니다. 우리 교단이 가진, '죄를 재는 호수'에 빠뜨

려져서…… 산 채로 물밑 왕국으로 가라앉은 저는…… 더욱 강한 날개를 얻어 다시 태어났습니다."

그런 이야기는 알리시아도 어떤 책에서 읽은 적이 있었다. '날개의 기도'의 독실한 신자는 과거 절벽에서 몸을 던진 아셀을 흉내 내어, 물에 빠져서 자신의 죄의 무게를 잰다고 말이다.

죄가 가벼우면 떠오르고, 무거우면 가장 꺼리는 물에 죽음을 맞이한다.

유란도 아즈베르그와 레이덴 지방에서 한 실패를 추궁받아 물에 들어가길 강요당했으리라. 그곳에서 환각으로 죽음의 나라를 보고— 다시 태어났다.

"나는…… 네가 나를 위해 또 물밑 왕국에 가기를 원하지 않아……."

분명히 몇 번이나 이런 대화를 반복했겠지.

지쳐서 고개를 떨어뜨린 티르나드는 가느다란 목소리로 중얼거렸다.

"아아, 상냥하신 말씀, 고맙습니다. 도련님."

정말로 기뻐하며 유란은 감사 인사를 한 후, 극히 자연스럽게 화제를 바꾸었다.

"자, 그럼 수다는 그만 떨기로 하지요. 도련님은 방으로 돌아가 하던 공부를 계속해주세요. 알리시아 님과 아즈베르그 공작도 방을 준비해놓았으니 가시지요."

가시지요, 라는 말에 호응해 알리시아의 좌우에 병사들이 와서 섰다.

상대가 여자라서 조심하고 있어서일까, 직접 몸에 손을 대지는 않았다. 그러나 자신을 내모는 듯한 움직임에 알리시아는 그들이 원하는 방향으로 나아갈 수밖에 없었다.

"알리시아 님, 세이그람은 무사하죠?!"

양팔을 병사에게 붙잡힌 채 티르나드가 다른 방향으로 끌려가면서 외쳤다.

"죄, 죄송해요. 세이그람의 상처는 일단 치료했지만…… 저희가 끌려오고 난 후의 일은 잘 모른답니다…….."

어중간한 거짓말도 하지 못하고 알리시아는 그렇게 대답하는 수밖에 없었다.

실내의 작은 창문은 이중 창살로 막혔고, 문밖은 항상 병사들이 지키고 서 있었다.

실내에는 간결한 목제 탁자와 의자, 침대, 선반만이 놓여 있었다. 선반 위에는 '날개의 기도' 교단의 가르침을 신자가 베껴놓은 교전만이 늘어서 있었다. 알리시아는 그런 좁은 방에 갇혀버리고 말았다.

유란이 두 지방백끼리 결혼하라고 선언하자 알리시아 이상으로 놀란 류크는 레오니아에게 어디론가 끌려갔다. 디네로도 다른 장소에 갇혔는지 모습이 보이지 않았다.

"대체 뭐가 어떻게 돼가는 있죠……?"

아무리 상황에 거스르지 않는 알리시아라고 해도, 이 상황에는 그렇게 간단히 익숙해질 수 없었다.

우선 받은 빵과 수프를 뱃속에 제대로 챙겨 넣은 뒤 탈출 경로를 찾기 시작했다.

그러나 앞에서 말했듯이 창문은 이중 창살로 막혔고, 문밖에는 경비병이 서 있다. 뭣보다 문 안쪽에는 손잡이가 없어서 자신의 의지로 밖으로 나가기는 불가능했다.

대신 먹을 것을 넣어주는 입구가 달려 있었는데, 그곳을 통해 '밖으로 나가고 싶어요'라고 대놓고 말해도 소용없었다. 시험 삼아 손을 찔러 넣어 봤는데, 어깨까지가 한계였을 뿐이었다. 그뿐만 아니라 그나마도 바깥에 지키고 선 병사에게 제지당했다.

카슈반 님이라면 걷어차 부술 수 있을까. 그렇게 생각하면서 예의에 어긋나게 문을 발로 차보았다. 그러나 두꺼운 문은 흔들리지도 않았다.

"여, 역시…… 이건…… 불가능, 하네요……."

할 수 있는 시도가 전부 헛수고로 끝나자 긴 여행에 쌓인 피로가 한꺼번에 몰려왔다. 가벼운 현기증이 이는 느낌에 알리시아는 침대에 엎드려서 눈을 감았다.

"카슈반 님……."

가느다란 목소리는 누구에게도 닿지 못하고 사라져갔다.

카슈반은, 다른 사람들은 어떻게 됐을까.

티르나드는 지금쯤 험한 꼴을 당하고 있지는 않을까.

디네로는.

"나…… 디네로 님과 결혼해야 하나요……?"

저도 모르게 나온, 가늘게 흔들린 목소리에 아무도 대답해주
지 않았다. 알리시아는 외롭게 잠에 빠져들었다.

다음에 눈을 떴을 때, 알리시아는 혼자가 아니었다.

"와아앗, 미, 미안!"

상반신을 일으킨 알리시아는 졸린 눈을 비비며 얼굴을 붉히며
뛰어오른 류크를 바라보았다.

"류크…… 어머……? 여긴 어디……?"

"공주의 방이다……. 감금실이지만……."

대답한 사람은 멋대로 의자에 앉아 있던 레오니아였다. 여행
도중에는 쉽게 볼 수 있는 셔츠에 바지를 단정치 못하게 걸치고
있었지만, 지금은 '날개의 기도' 교단 성직자가 입는 하얀 법의
를 대충 걸치고 있었다.

잘 보니 류크도 하얀 법의 차림이었다. 그러나 소매에 새 문
양을 자수로 새겨 넣거나, 목에 건 날개의 문장에 붉은 돌을 박
아 넣거나 여전히 자기식으로 개조한 차림이었다.

"음 그러니까…… 지금 몇 시죠……?"

"어제 이곳에 도착해서 알리시아는 꼬박 하루를 잤어."

말을 듣고 보니 작은 창문으로 쏟아져 들어오는 햇살은 이미
오후의 나른함을 띠고 있었다. 아침을 못 먹었네요. 그렇게 생각
하며 알리시아는 크게 하품을 했다. 그런데 류크가 그런 알리시
아의 자다 일어난 덕분에 부스스한 머리를 힐끗거렸다.

"저, 알리시아…… 머리, 상태가 엄청난데 내가 빗겨줄까? 전부터 말하려고 했지만, 너희 고용인은 네 머리 모양에 별로 관심이 없는 것 같아서 말이야. 귀부인에게는 머리 모양도 중요해. 내가 귀엽게 꾸며줄 테니까."

"네? 괜찮아요. 머리는 언제나 제가 빗으니까."

"하고 싶은 대로 하게 놔둬……."

알리시아에게 이끌리듯이 크게 하품을 하면서 레오니아가 끼어들었다.

"그 녀석은…… 자잘한 작업을 좋아한다……. 공주도…… 좀 더 손을 대면 귀여워지겠다며…… 떠들더군……."

"잠깐. 그만 하세요, 레오니아 씨. 다 불어버리면 안 돼요!"

얼굴을 빨갛게 물들이고 동요하는 류크에게 레오니아는 선반에서 검은 가죽 표지의 교전을 꺼내며 중얼거렸다.

"뭐, 아무래도 상관없지……. 어차피 공주는…… 공작과 결혼할 테니……."

레오니아가 팔락팔락 교전 페이지를 넘기는 소리만이 쥐 죽은 듯이 조용해진 실내에 울렸다.

표정을 굳힌 채 움직임을 멈춘 류크에게 알리시아는 일단 부탁했다.

"음, 그럼 류크, 부탁해도 될까요? 그러고 보니 이곳에는 거울이 없네요."

"……응."

옆으로 다가온 류크가 직접 만든 것처럼 보이는 빗을 한 손에 들고 알리시아의 머리카락에 갖다 대었다. 먼저 말을 꺼낸 만큼, 손놀림이 꽤 익숙했다.

머릿결을 따라 부드럽게 머리를 정리하고 솜씨 좋게 머리카락을 모으는 손가락의 감촉.

노라가 가끔 할 마음이 나서 알리시아의 머리카락을 만져줄 때와 같은 느낌이었다. 노라는 무사할까요, 알리시아는 그런 생각을 했다.

세이그람도, 리드렉도 무사히 도망칠 수 있었을까. 레네는 괜찮을까. 루아크나 제다 등 전 '장난감 군대' 출신은 매우 강하지만, 트레이스는 괜찮지 못할지도 모르겠네요…… 등등 가까운 사람들의 얼굴이 차례로 뇌리에 떠올랐다.

하지만 역시 류크의 손은 감촉이 노라와는 달랐다. 조금 딱딱하고 손 마디마디가 두드러지는 게 어느 쪽이냐고 하면 카슈반의…….

"—저, 레오니아 님. 저는 이미 카슈반 님과 결혼했으니, 디네로 님과는 결혼할 수 없답니다. '날개의 기도'의 가르침에서도 중혼을 금지하고 있잖아요?"

알리시아는 무심코 등줄기를 곧게 펴며 선언해보았지만, 레오니아는 무릎 위에 올려놓은 교전에서 눈을 들지 않았다.

"하지만…… 라이센 공작은 살해당할 거다…….."

여느 때 졸린 것 같은 목소리로 레오니아는 매우 당연하다는 듯 대답했다. 확정된 미래다, 그렇게 말하고 싶은 모양이었다.

레오니아는 움직임이 둔중했고, 말하는 데도 매가리가 없었다. 그러나 그의 말에는 특유의 저항할 수 없는 힘이 있었다.

디네로 님 같아요. 그렇게 생각한 순간, 알리시아는 갑자기 눈앞에 들이밀어진 디네로와의 결혼 이야기가 카슈반의 죽음을 전제로 하고 있다는 사실을 알아차렸다. 이중의 의미로 알리시아의 가슴이 가라앉았다.

"……카슈반 님은 살해당한다거나, 그러지 않아요. 카슈반 님은 무척 강하시고, 그분 주변에는 강한 사람들이 붙어 있어요."

무거운 기분을 떨쳐내려고 알리시아는 그렇게 소리 내었다.

그러나 레오니아는 다른 이야기를 시작했다.

"우리는 말이야…… 공주의 재교육 담당으로 임명되었다……."

"에?"

"유란 님이 하겠다고 하셨지만…… 레이덴 가 도련님이 생각보다 완고해서 말이야……. 이곳에는 달리…… 나보다 높은 계제인 성직자가 없어서…… 귀찮지만 나한테 돌아왔다."

그 말을 들은 알리시아는 레오니아의 가슴팍을 보았다. 그러나 그의 가슴에는 날개의 문장이 늘어져 있었지만, 문장에는 아셸의 얼굴이 새겨져 있지 않았다.

그렇다면 제4계제 미만인 자리에 있다는 뜻이다. 제5계제 이상인 사람은 각지에 있는 성당의 책임자가 될 수 있었죠, 라고 알리시아는 희미한 지식을 더듬었다.

"그럼 이곳은 교단의 본거지가 아니겠네요."

생각 끝에 알리시아가 중얼거리자 레오니아는 흠칫하는 표정을 지었다.

"앗, 알리시아. 어떻게 알았어?!"

류크가 얼빠진 소리를 냈기 때문에 알리시아는 설명했다.

"유란 님과 레오니아 님보다 높은 성직자분은 안 계시잖아요? 교단의 본거지라면 더 고위 성직자분들이 있을 텐데요."

"앗, 알리시아 진짜 머리 좋구나! 이제 다 틀렸어요, 레오니아 씨, 아야!"

류크가 지금이 기회라는 듯이 레오니아를 질책했다. 레오니아는 답례로 '가까이 가지 않아도…… 류크에게…… 주의 줄 수 있는 봉……'을 가볍게 휘둘러 류크를 찔렀다.

"정말 귀찮군……."

금속 봉을 품속에 집어넣고 기껏 펼친 교전을 다시 덮으며 레오니아는 단도직입적으로 말을 꺼냈다.

"아즈베르그 공작에게 불만은 없겠지, 그렇지, 공주……?"

갑자기 시작된 최종 의사 확인에 알리시아는 몸을 굳히면서 말에 귀를 기울였다.

"벌써 두 번이나 정략결혼을 했다……. 그렇다면 세 번도 가능하겠지……. 이번에는 교단의 지원을 받는다……. 아즈베르그 지방만이 아니라…… 공주의 고향까지 통치할 남자가 상대다……. 거기다 대단한 미형이기도 하고 말이야……."

"디네로 님에게…… 불만은…… 없습니다만. 하지만 전…… 카슈반 님 아내…… 예요."

목이 멘 목소리로 더듬더듬 알리시아는 일단 그렇게 대답했다.

"게다가, 디네로 님도…… 갑자기 저와 결혼한다니…… 곤란…… 하시겠죠?"

"공작은…… 의욕적이더군……."

레오니아가 교전을 손에 들었다. 하지만 읽기 위해서가 아니라 하품을 감추기 위해서였다.

"예……? 디네로 님이 의욕적…… 이시라고요?"

"그런 것 같다……. 지금 영주와는 달리…… 그 공작은 신앙심이 깊다는 모양이니까……. 먼저 이야기를 해뒀다……."

그러고 보니 여행 도중에 레오니아가 디네로에게 할 이야기가 있다고 했었다.

오는 길에 알리시아는 디네로와 만족스럽게 이야기할 수 없었다. 때문에 지금까지 상황을 몰랐다. 그런데 생각해보니 분명히 어제 유란의 입에서 그 얘기가 나왔을 때, 디네로는 놀라지 않았던 느낌이 들었다.

"신앙심이, 관계있나요? 분명히 카슈반 님은, 신을 전혀 믿지 않으시지만요."

"신을 믿지 않는 영주보다…… 신을 믿는 지방백이 다스리는 쪽이…… 영민은 더 행복하다……. 그렇게 설득했다……."

성직자로서는 당연한 논리였는데, 나른한 레오니아의 어조로 들으니 신빙성이 대폭 떨어졌다.

"……왜, 가르쳐주지 않았습니까. 그…… 결혼 얘기."

질문한 것은 잘 빗은 알리시아의 머리를 재빨리 정리하던 류크였다. 여느 때 활기차던 기세도 풀이 죽었고, 눈은 레오니아를 보려고도 하지 않았다.

"자세한 얘기는…… 유란 님이 하실 예정이었기 때문이다……."

"그…… 그야 우리는 그저 알리시아와 아즈베르그 공작님을 데려오는 역에 불과했을지도 몰라요. 하지만…… 그럼 왜 레오니아 씨는 알고 있었으면서 나만 몰랐냐고요."

"넌 내 종자에 지나지 않는다……. 아즈베르그 지방에 가보고 싶다느니, 사신 공주가 보고 싶다느니…… 억지를 부려서 따라왔을 뿐이잖냐……. 이유를 알고 싶으면 처음부터 그렇게 말해……."

대답하는 레오니아의 말은 그로서는 보기 드물게 길었지만, 그만큼 차가웠다.

"뭐든 할 테니까 쫓아내지만 말라고…… 울면서 매달린 사람이 누구였지……? 류크. 다시 태어날 기회를…… 또 날릴 셈이냐……?"

인정사정없이 내뱉은 말에 류크는 한순간 침묵했다.

이대로 저항을 끝내는가 싶더니, 찌릿하고 레오니아를 노려보았다.

"레, 레오니아 씨도…… 그렇게까지 신을 믿지도 않으면서."

날개의 문장을 목에 건 사람들끼리 하는 것이라고는 생각할 수 없는 대화였으나, 이것이 현재 실딘 국내 사람들이 일반적으

로 신을 대하는 태도였다. 믿음은 있지만, 인생을 좌우할 정도는
아니었다.

나는 신에게 아무것도 하지 않는다. 그러니 신도 내게 아무것
도 해주지 않아도 돼.

그렇게 말한 카슈반의 눈에 담겼던 진지한 빛을 떠올리고, 알
리시아는 저도 모르게 고개를 숙였다.

"나도 들어 안다고요. 레오니아 씨도 원래 좋은 가문 출신이
잖아요. 원래대로라면 금방 출세할 수 있었는데, 의욕이 없어서
언제까지고 제5계제에 머물러 있다고요."

어머, 역시 제5계제였네요. 그렇게 생각하는 알리시아는 아랑
곳하지 않고, 류크는 계속 나불거렸다.

"나도 그래요. 신을 믿긴 하지만 솔직히 먹고살 수만 있다면
어디라도 좋았어요. 하지만 딱히 갈 만한 곳도 없고 해서……
그나마 온건파가 나을까 해서 유란 님에게 붙었는데……. 그 사
람, 뭐랄까 조금 위험하다고 할까, 무섭다고 할까……."

온건파.

이전에 세이그람이 말했던 단어가 나왔기 때문에 알리시아는
의미를 물어보려 했다. 그러나 이야기는 알리시아를 버려두고
계속 진행됐다.

"뭐 아즈베르그 사람들을 몰살시키기보다야 낫지만…… 알리
시아에게 또 결혼하라고 하다니, 불쌍해요."

"몰살?"

이번에는 알리시아가 대단히 좋아하는 공포 소설에 종종 나오

는 단어가 튀어나왔다.

소설에는 역시 이 단어가 나와야죠. 평상시라면 그렇게 생각했을 단어였다. 하지만 그 단어에 '아즈베르그 지방'이 붙는다면 이야기는 달라진다.

'날개의 기도' 교단은 아즈베르그 지방 사람들을 몰살시키려는 계획까지 짜고 있는가?

"아, 아니야 알리시아. 나는 그런 짓 할 생각 없어! 그런 생각을 하는 건 솔라스카 님 일파로…… 아, 아아앗, 미안. 지금 한 말 없었던 걸로 해줘! 레오니아 씨도 화내지 말아 주세요. 나, 이번에야말로, 이번에야말로 다시 태어날 테니까요!!"

알리시아를 안심시키려고 허둥대던 류크의 입에서 줄줄이 실언이 튀어나왔다.

실례되는 말을 고의 혹은 의도적으로 흘리는 유란과 달리, 류크는 단순히 정보를 누출하고 있는 듯했다.

무슨 이야기를 하는지 전혀 알 수가 없던 알리시아로서는 오히려 고마운 일이었다. 그러나 레오니아는 깊은 한숨을 쉬었다.

"여기에서라면 괜찮겠지……. 지방백과 '날개의 기도'가 다시 결합한다면…… 언젠가 그런 얘기도…… 듣게 된다……."

얼굴을 덮은 검은 머리카락을 쓸어 올리며 레오니아는 류크를 새삼스럽게 바라보았다. 류크를 바라보는 눈빛은 날카로웠다.

"공주가 불쌍하다고……? 그렇다면 데리고 도망이라도 치겠나……? 하지만 집에는 돌아갈 수 없겠지……. 그림으로 성공하고 싶으면…… 기일을 지키는 기술이 필요하다……."

위협하는 투가 아니라 덤덤하게 하는 레오니아의 말에 류크는 이번에야말로 침묵했다.

오기를 부리듯 알리시아의 머리카락에만 집중하기 시작한 류크를 내버려두고, 레오니아는 가죽 표지 교전을 알리시아에게 건넸다.

"공주도…… '날개의 기도' 신자일 테지……? 물밑 왕국에 가고 싶지 않다면…… 이야기를 받아들여야 한다……."

"……하지만 저는 카슈반 님 정도는 아니지만 그렇게까지 신앙심이 깊진 않은데요."

무서운 괴물이 어슬렁거린다는 물밑 왕국. 그런 곳이라면 한번 들여다보고 싶기도 한데요. 그런 마음도 작용해서 알리시아는 모호하게 대답했다.

"진심으로 믿지 않아도 된다……. 믿는 척하면 충분해……."

제대로 설교할 생각도 없는지, 레오니아는 성직자로서는 상당히 위험한 발언을 했다.

"살아 있는 동안 조금만 노력하면…… 죽은 후에 편해진다는 가르침이니까 말이다……. 내 발명과 마찬가지지……. 약간의 수고를 들여 나중이 편해진다면…… 해볼 만한 가치가 있다……."

실리를 전면적으로 내세운 제안은 알리시아에게 효과적이었다. 한순간 마음이 움직였다.

하지만 만약 그렇다면 좀 더 좋은 안이 있다.

"그러네요……. 하지만 저, 살아서도 죽어서도 아무 불편함

없이 편하게 지낼 수 있다면 그게 제일 고마운데요……."

한없이 뻔뻔한 소망을 듣고, 레오니아가 한순간 침묵했다.

"……과연……."

졸린 듯한 눈 속에서 호기심의 빛이 흔들리고 있었다. 이제야 비로소 알리시아에게 관심을 갖게 된 모양이었다.

"소문과는 다르지만…… 재밌는 공주로군……. 류크가 빠져들 만도 하군……."

"잠깐만요, 레오니아 씨. 진짜 그만둬주세요. 그게 아니라니까요! 그저, 알리시아가 불쌍하다고 생각했을 뿐이에요!"

초조해하는 류크의 손안에서 알리시아의 황갈색 머리카락이 어느샌가 말끔하게 묶여 있었다.

"레이덴 백작과 같은 꼴을…… 당하고 싶지 않다면…… 생각해보도록 해……."

불길한 예감이 들어서 알리시아는 눈을 크게 떴다. 그런 알리시아의 앞에서 레오니아가 천천히 일어섰다.

"불로 지져지는 건 싫겠지……? 다리가 부러져도 싫을 거다……."

하품과 함께 레오니아의 입에서 아무렇지도 않게 흘러나온 말.

유란이 납치해온 티르나드에게 행한 짓이리라.

"공주만이 아니야……. 아즈베르그 인간을 몰살시키는 일은…… 충분히 가능성 있는 얘기다……."

알리시아는 작게 숨을 삼켰다.

"교단 내 급진파는…… 영주의 불신심 때문에 아즈베르그가 더럽혀졌다……. 불을 통한 정화가 필요하다고…… 시끄럽게 굴고 있어……."

온건파와 급진파.

기억해야 할 단어였지만, 의외의 부분에서 받은 충격이 너무 커서 머리가 잘 돌아가지 않았다.

"아즈베르그 공작이…… 영주가 되면…… 그런 일은 피할 수 있겠지……."

디네로는 신앙심이 깊기로 유명하다.

명문 아즈베르그 가 당주인 디네로라면 '날개의 기도' 교단에서도 인정받을 수 있다.

"살아 있는 이상…… 피해갈 수 없는 귀찮은 일도 있다……. 그 점을 잘 생각하도록 해……."

또다시 하품을 한 레오니아가 손짓을 하자 류크가 마지못해 알리시아의 곁에서 떨어졌다. 레오니아가 안쪽에서 문을 두들기자 확인한 병사가 밖에서 문을 열었다.

두 사람이 나간 후, 더는 어쩔 도리가 없는 알리시아가 크게 한숨을 쉬었다.

"……어쩌면 좋죠."

산중에 지어진 성당의 독방에 갇힌 지도 벌써 3일이 지났다.

알리시아가 처한 상황은 변함이 없었다. 방에서 나갈 수 없었고, 외부 정보는 전혀 주어지지 않았다.

레오니아는 류크와 함께 매일 정해진 시간에 찾아와서, 디네로와의 결혼을 받아들이라고 말하고 갔다.

알리시아에게 유일하게 다행스러운 점은, 무슨 일이든 귀찮아하는 레오니아가 무리하게 강요하지 않는다는 점이었다. 물론 받아들이라고 말은 하지만, 풀이 죽은 알리시아가 대답을 못하고 입을 다물어버리면 류크가 뭐라고 하기도 전에 '잘 생각해 둬……'라는 말만 남기고 나가버렸다.

그러나 언제까지 이렇게 지낼 수는 없겠지.

"레이덴 백작님은 괜찮으실까요……. 팔이 부러지거나 하지는 않았을까요……."

침대 위에서 교전을 넘기던 알리시아는 무거운 목소리로 중얼거렸다.

재교육의 일환일지 모르겠지만, 교전 외에 따로 놓인 물건이 없었다. 그래서 교전을 읽기밖에 할 일이 없었다. 레오니아와 류크도 돌아갔고 저녁도 해치웠기 때문에 남은 일은 자는 것뿐이었다.

"……카슈반 님은……."

괴로워하며 남편의 이름을 중얼거린 알리시아는 보고 있어도 글씨가 전혀 눈에 들어오지 않는 교전을 덮었다.

검은 가죽 표지로 된 두꺼운 교전. 이 책을 봐도 언제나 검은색 일색인 카슈반의 모습을 떠올리고 만다.

만나고 싶다. 절실하게 생각했다. 카슈반을 만나고 싶다.

"나는, 카슈반 님의 아내인걸요…….."

부고가 도착했다는 소식은 아직 듣지 못했다. 아니, 분명히 살아 있으리라.

"저…… 카슈반 님을, 좋아…… 하는걸요…….."

머뭇머뭇 입에 담은 '좋아한다'는 단어에 호응해 머릿속에서 디네로의 목소리가 울렸다.

다른, 누구보다도, 라이센을, 좋아하는가.

라이센을, 특별히, 좋아하는가.

"저는…… 어, 어머? 예."

얼마 전부터 줄곧 같은 생각을 반복하는 알리시아의 귀에 문을 두드리는 소리가 들렸다. 문을 지키던 병사의 '알리시아 님, 일어나 계십니까?'라고 부르는 목소리도 들렸다.

"예, 일어나 있답니다. 류크? 아니면 레오니아 님? ……아."

하루에 두 번이나 찾아오다니, 처음이네요. 그렇게 생각하면서 자리에서 일어선 알리시아는 자리에 멈춰 서버렸다.

커다란 몸을 구부려 문을 통과해 실내에 들어온 사람이 디네로였기 때문이다.

"오래만, 이군."

이마에 늘어진 옅은 금색 머리카락을 아무렇게나 털어버리고 디네로는 천천히 알리시아의 앞에 섰다. 익숙하지 않은 환경 탓일까, 뺨이 약간 핼쑥해졌고, 피부도 창백해 보여 아름다움보다 기분 나쁜 분위기가 더 강조되고 있었다.

덧붙여 디네로는 '날개의 기도' 교단의 하얀 법의로 몸을 가리고 있었다. 날개의 문장까지 목에 걸고 있어서 레오니아보다도 더 고위 성직자처럼 보였다.

"오, 오…… 랜만…… 이네요……."

뭐라고 말해야 좋을지 알 수 없었다.

밖에서 문을 잠그는 소리가 한층 더 크게 들렸다.

"디, 디네로 님은, 괜찮으신가요? 팔이나 다리는 있으신가요? 불고문을 당하진 않았나요?"

"괜찮다."

"그러신가요. 저, 저도 괜찮답니다. 여, 여기 분들, 저나 디네로 님을 상처 입힐 생각은 아직 없나 보네요. 다행이다…… 앗."

알리시아는 빠른 어조로 자기도 무슨 말을 하는지 모르는 상태로 마구 떠들어댔다. 그런 알리시아의 뺨으로 디네로가 갑자기 손을 뻗어 왔다.

"조금, 야위었군."

"……디네로 님이야말로……."

목소리는 여느 때처럼 평탄했지만, 어렴풋이 걱정하는 기색이 담겨 있었다. 목소리를 듣고 알리시아는 내심 안도했다. 복장은 바뀌었지만, 알맹이는 알리시아가 아는 디네로였다.

"그 옷은, 저기, 어떻게 된 일이죠……?"

"교육을 위해, 입으라고, 하더군."

"그렇군요. 그러고 보니 레오니아 님도 한 번인가 제게도 입으라고 하셨죠. 하지만 류크가 입으려면 좀 더 귀엽게 해야 한다고 말해서 결국 유야무야 돼버렸지만요."

성실한 성직자라고는 말하기 힘든 복장을 한 두 사람을 떠올리며 미소를 되찾은 알리시아의 어깨에 디네로가 다른 한 손을 올려놓았다.

내려다보는 눈에, 자신을 두렵게 하는 뭔가가 깃들고 있다는 사실을 알리시아는 알아차렸다.

"알리시아, 내 아내가, 돼라."

"……예?"

움찔 몸을 굳히며 도망치려 했지만, 움직일 수 없었다.

쏘아보는 색소가 흐린 눈동자에 천적과 마주친 가련한 동물처럼 알리시아는 꼼짝도 할 수 없었다.

"싫은가?"

"그, 그게…… 저는."

"라이센이…… 영주이기 때문에, 결혼, 했잖아?"

카슈반의 아내라는 변명을 허락하지 않고, 디네로는 담담하게 하고 싶은 말을 했다.

"그렇다면, 내가 영주가 되면, 나와, 결혼하겠지."

'날개의 기도'의 가르침이 지배하는 올바른 세계. 지방백이 각 지방 영주였던 시절이었다면 디네로가 아즈베르그 지방 영주였으리라.

페이트린 가 영애인 알리시아와 결혼하는 것은 자연스러운 흐름이다.

"하지만…… 저는 이미…… 카슈반 님의, 아내, 입니다."

그러나 세상의 흐름이란 바뀌기 마련.

알리시아의 부모님도 그 사실을 탄식했다. 또 흐름을 되돌리려는 사람들이 많다는 사실도 알고 있다. 그러나 옛날부터 알리시아는 그런 흐름에 거스르지 말자는 신조를 가지고 있었다…….

"유란은, 라이센이, 죽을 거라고, 말했다. 모든, 지방백이, 영주로, 되돌아갈 것이라고도, 말했다."

감정이 담기지 않은 단정이 가슴을 찔렀다.

세상의 흐름은 다시 바뀌고 있다. 원래대로 돌아가려 하고 있다.

그것에 거스른다면 자신의 신조에 반하는 게 아닐까.

"녀석들은, 내, 영민에게, 위해를, 가하려, 한다."

아주 조금, 강한 감정이 밴 디네로의 목소리가 알리시아의 가슴의 다른 부분을 찔렀다.

자신의 남편은 영민 중에는 소문의 사신 공주를 해치려 하는 녀석들이 있다면서 알리시아가 영민들과 접하지 못하도록 금지했다. 그래서 알리시아는 아즈베르그 지방 영민과 접촉한 적이 거의 없었다.

하지만 얼마 전, 풍작 기원제에서 많은 사람이 즐거워하며 떠들썩하게 노는 모습을 보았다. 카슈반은 그들을 보수적이고, 무사안일주의에 물든 녀석들이라고 매도했다. 하지만 카슈반은 그런 영민을 지키기 위해 매일 열심히 일하고 있었다.

디네로와의 결혼은 백성을 지키는 일로 이어지는가.

그러나 그것은, 카슈반의 죽음을 전제로 하고 있다─.

가슴을 쥐어짜는 아픔을 느끼면서 알리시아는 한 가지 사실을 떠올리고는 살며시 입을 열었다.

"분명히 영민이 어떤 위해를 입으면 곤란합니다. 하지만 지금 한 생각인데…… 레이덴 백작님에게 심한 짓을 한 유란 님 말에 따라도, 언젠가는 다른 방법으로 심한 짓을 당하는 게 아닐까요……?"

페이트린에서 지스칼드가 협력을 구했을 때, 카슈반도 최종적으로는 비슷한 결론을 냈다. 아무리 비참하게 싸움에서 패하더라도, 호락호락하게 영주의 자리도…… 알리시아도 지스칼드에게 내놓지는 않겠다고.

"저기 디네로 님. 디네로 님이 얼마나 영민들을 생각하시는지는 알고 있답니다. 하지만 유란 님은 아마도 당신이 생각하는 만큼 아즈베르그 사람들을 소중하게 대해주지 않을 거예요."

침묵한 채 뭔가를 생각하는 디네로에게 알리시아는 지금이 기회라는 듯이 한층 더 파고들었다.

"그러니까…… 그, 디네로 님. 저와의 결혼 얘기로 고민하지 마세요. 그보다 어떻게 해서든 이곳에서 탈출할 방법을 생각하죠."

미소를 지으며 제안하는 알리시아를 또다시 디네로의 눈빛이 꿰뚫었다.

얼굴이 굳은 알리시아에게 디네로는 의외의 말을 했다.

"아즈베르그 가는, 하르바스트나, 라이센 가에, 줄곧 빼앗기기만, 했다. 원래, 내 것이 돼야 했다면, 돌려받아도, 되지 않을까?"

리드렉도 이전에 그런 말을 했었다. 카슈반의 아버지, 레디오르에 이르러서는 영주의 지위만이 아니라, 지나 아즈베르그까지 빼앗아갔다고.

덧붙여 장미에만 관심을 두던 지나를 죽여서 장미 정원에 묻는다는 폭거까지 저질렀다. 아즈베르그 가 사람이 원한을 품어도 어쩔 수 없겠지.

"그건…… 분명히, 가여운 일이지만…… 하, 하지만."

평상시 그답지 않은 발언에 당혹해 하는 알리시아의 머리카락에 디네로의 손이 닿았다.

검술 훈련으로 거칠어진 커다란 손. 그 손은 카슈반과 매우 비슷하면서도 달랐다. 촉감의 미묘한 차이가 지금은 매우 선명하게 느껴졌다.

"너도, 그 녀석을, 특별하게, 좋아하는 건, 아니잖아?"

또다시 나온 '특별'하다는 말.

왜 디네로는 몇 번이나 그런 걸 물을까.

괴로웠다. '배가 아팠다'.

"저는……."

양손을 꼭 쥐면서 알리시아는 한층 깊게 고개를 숙였다.

"사치를, 부려서는, 안 돼요……. 앗."

"뭐라고?"

안 들려. 그렇게 말하듯이 디네로는 알리시아의 턱을 잡고 눈을 들여다보았다.

참회를 강요하듯이 날카롭게 쳐다보는 눈동자가 무서웠다. 하지만 도망칠 수도 없어서, 알리시아는 끊어질 듯 말 듯 이렇게 말했다.

"누군가를, '특별하게' 좋아하다니…… 제게는, 그런 사치를 부리는 일은…… 허락되지 않습니다."

"―그것이 사치, 인가?"

디네로의 중얼거림에 괴로운 기색이 배어 있었다.

이걸로 해방되었다고 생각하기가 무섭게, 어깨를 잡은 손에 힘이 들어갔다.

"디네로 님……?"

한쪽 손이 등으로 미끄러지면서 알리시아의 허리를 끌어안았다. 다른 한 손이 알리시아의 턱을 가볍게 들어 올리더니 디네로의 얼굴이 가까이 다가왔다.

키스하려고 한다.

그렇게 이해한 순간, 알리시아는 있는 힘껏, 거구의 디네로를 밀쳤다.

"앗, 죄, 죄송합니다, 디네로 님!"

정말로 어이가 없을 정도로 디네로는 그 자리에 엉덩방아를 찧었다. 상대에게 위해를 가할 생각이 없을 때, 그는 일체의 반격을 하지 않는다.

"사치를, 부리고, 있군."

별로 아파 보이지도 않는 모습으로 바로 일어난 디네로는 말문을 열기 무섭게 그렇게 말했다.

상대를 가리고 있다. 암암리에 그런 뉘앙스를 풍기는 말에 알리시아는 혼란해하면서도 사죄했다.

"……죄송합니다, 저……."

"답은, 나와 있다는, 건가."

당황해하는 알리시아를 내려다보며, 디네로는 수수께끼와도 같은 말을 중얼거렸다.

입가에는 왠지 만족스러우면서도 조금 쓸쓸해 보이는 미소가 떠 있었다.

"그렇다면, 됐다."

빙글 몸을 돌린 디네로가 문을 열려고 뻗은 손이 그대로 문짝에 부딪혔다. 문손잡이가 없다는 사실을 잊어버린 듯했다.

"아즈베르그 공작님, 알리시아 님. 아까 전부터 소란스러운 소리가 들리고 있습니다만, 왜 그러십니까?"

내부 상황을 수상쩍게 여긴 병사의 목소리에, 디네로는 '아프다, 돌아가겠다'라고 대답을 했다.

"이제, 하지 않겠다."

등을 돌린 채 알리시아에게 한마디 하고, 디네로는 열린 문을 지나가 버렸다.

[제4장] 하늘의 심판

이후, 디네로는 알리시아를 찾아오지 않았다.

레오니아도 오지 않았다. 물론 류크도.

"……대체, 어떻게 된 일일까요……?"

디네로에게 키스당할 뻔한 날로부터 이틀 후 아침, 아침 식사를 마친 알리시아는 침대 위에 멍하니 앉아 있었다. 자는 것 이외에 할 일이 없는 생활을 하고 있었기에, 다시 한숨 자고 싶은 마음도 들지 않았다. 멍하니 있는 수밖에 없었다.

지금 디네로가 찾아와도 무슨 말을 해야 할지 알 수 없었다. 그런데 디네로는 둘째 치고 레오니아와 류크는 어떻게 되었을까.

—카슈반은.

부고가 도착했다는 말은 들리지 않았다. 하지만 그런 말이 들리지 않는다고 해서 카슈반이 무사하다는 보장도 없었다…….

카슈반의 소식을 알 수 없어 괴로워하는데, 갑자기 밖에서 '알리시아 님'하고 누군가가 불렀다.

"앗, 예, 예! 여기 있어요!"

깜짝 놀라는 한편, 누군가 말을 걸어주었다는 점이 기뻐서 알리시아는 저도 모르게 큰 소리를 내고 말았다. 방에 들어온 사람은 한 번도 본 적이 없는 두 병사였다.

"알리시아 님. 이제부터 유란 님이 계신 곳으로 모시겠습니다."

"앗? 유란 님이 부르셨나요? 왜죠?"

질문을 해도 병사들은 당연하다는 듯이 대답을 하지 않았다. 당혹스러워하면서도 알리시아는 병사들을 따라 방 밖으로 나왔다.

"아아, 그저 방에서 나왔을 뿐인데도 무척 신선해요……."

줄곧 방 안에 갇혀 있었기 때문에 방 밖으로 한 발 나왔을 뿐인데도 느낌이 매우 달랐다. 유란이 있다는 별관으로 이어지는 통로를 걷고 있으려니, 바깥에 있는 숲이나 정원의 녹림이 천천히 울긋불긋한 빛을 띠어가는 모습도 볼 수 있었다.

계절은 이제 가을로 옮겨가고 있었다. 지금까지는 시간 감각이 없어져 그 사실을 체감할 수 없었다. 하지만 계절의 변화를 직접 눈으로 보고 그 사실을 깨닫게 되자 알리시아는 등줄기가 서늘해졌다.

가을이 오고, 겨울이 와도 자신은 계속 이곳에 있어야 할까.

그때는 디네로가 남편이 되었을까.

"우우, 하지만 다리가 좀 아프네요……. 미안합니다, 조금 천천히 걸어주시겠어요?"

감금 상태로 지내는 사이, 알게 모르게 다리 근육이 약해졌으리라. 조금 걸었을 뿐인데 다리가 아파 왔다. 알리시아는 자신을 앞뒤로 끼고 있는 병사들에게 그렇게 부탁했다.

그때였다.

"알리시아, 위험해!"

그렇게 외치는 목소리는 류크의 것이었다.

놀라서 소리가 들린 쪽을 바라보니 얼굴색을 바꾼 류크가 달려오고 있었다.

알리시아를 데리러 온 두 명의 병사는 적이 기습했다고 생각한 모양이었다. 허리에 찬 검에 손을 갖다 대며, 자신들의 등 뒤로 알리시아를 감쌌다.

"무슨 일이냐, 류크!"

고함치는 병사에게 류크는 대답하지 않았다. 전속력으로 달려온 그는 여세를 몰아 다른 한쪽 병사에게 있는 힘껏 몸통 박치기를 먹였다.

"우왓?!"

설마 아군이 그런 짓을 하리라고는 생각도 못 했던 모양이었다. 류크와 부딪친 병사가 공중제비를 돌며 나뒹굴었다. 그 사이, 류크는 옷 주머니에 손을 찔러 넣어 작은 자루를 꺼내 들고 외쳤다.

"알리시아, 숨을 멈춰!"

그 말에 알리시아는 영문도 알지 못하면서 코와 입을 손으로 막았다. 알리시아가 지켜보는 가운데, 류크는 손에 든 자루에 든 내용물을 바닥에서 구르는 병사들에게 흩뿌렸다. 노르스름한 가루와 함께 피부에까지 배어버릴 듯이 강렬한 냄새가 주변에 넓게 퍼졌다. 병사들이 콜록거리기 시작했다.

"미안합니다!"

연기를 피해 재빨리 후퇴한 류크가 알리시아의 손을 잡고 내달리기 시작했다. 어이를 상실한 또 다른 한 병사가 코를 감싸면서 고함을 질렀다.

"류크! 너 이놈, 눈이라도 뒤집혔냐…… 칵!"

금속 봉이 날아와서 검을 휘두르려던 병사의 눈가를 쿡 찔렀다.

뒤를 돌아보는 자세로 류크가 휘두른 것은 '가까이 가지 않아도…… 류크에게…… 주의 줄 수 있는 봉……'이었다.

반사적으로 눈을 내리누른 병사의 그대로 드러난 코와 입에 무시무시한 가루가 날아들었다. 가여운 병사는 이 상황을 극복할 방법이 없다고 여긴 모양이었다. 자기 스스로 벽에 얼굴을 들이박고 뻗어버렸다.

"류크, 이게 어, 어떻……, 끌록."

"얘기는 나중에 해!"

막무가내로 알리시아에게 명령한 류크는 '가까이 가지 않아도…… 류크에게…… 주의 줄 수 있는 봉……'을 던져버리고 달리기 시작했다. 알리시아의 손을 잡고 주변을 두리번거리면서 건물 그림자 속을 달려나갔다.

알리시아가 잡혀 있던 곳 부근은 경비가 엄중했지만, 역시 인적이 드문 산중이라는 입지 조건 탓일지도 몰랐다. 성당을 벗어나자 경비병 수는 적어졌다. 류크는 경비병의 위치를 사전에 미리 확인해뒀던 모양이었다. 류크와 알리시아는 보기 좋게 탈출에 성공했다.

알리시아와 류크는 갈색으로 메마른 부분이 두드러지기 시작하는 울창한 덤불 안쪽에 앉아 하아 하아 거친 숨을 내뱉고 있었다.

숲속을 한바탕 달려왔기 때문에 거대한 성당은 이미 보이지 않았다. 지금으로는 추적자도 보이지 않았지만, 무모한 탈출 방법에 따른 반동이 새삼스럽게 몰려들었다.

"아— 레오니아 씨 말이 정답이었네……. 역시 손잡이에 쓸데없는 물건이 붙어 있지 않은 편이 다루기 더 쉬운걸……."

류크는 점차 자신의 본래 모습을 되찾기 시작했지만, 알리시아는 기세를 몰아 달린 덕분에 쇠약해진 다리가 아파서 힘들었다. 일어서지도 못하고 숨을 몰아쉬고 있으려니, 호흡을 가다듬은 류크가 등을 위로하듯이 쓰다듬어주었다.

"미안, 알리시아. 괜찮아?"

"그…… 그럭저럭……. 하지만, 저기, 류크, 왜 그랬어요……? 콜록."

알리시아가 말하는 박자에 입안에 들어갔던 기묘한 가루가 움직여 목이 메었다.

"아, 미안, 괜찮아? 어 그러니까 방금 그 분말도 레오니아 씨가 발명했어. '죽지는 않지만…… 불쾌해지는 가루……'였던가? 나는 그저 불쾌한 가루라고 부르고 있지만. 그게 돼지의…… 아, 응. 신경 쓰지 마."

성분을 모르는 편이 더 나을 듯한 가루의 효과는 드디어 사라졌다. 숲의 깨끗한 공기를 들이마시면서, 알리시아는 새삼 다시 질문했다.

"그럴게요. 그런데 레오니아 씨도, 저기, 절 도망치게 하려고 협력해주고 계시는가요?"

"아니. 순전히 내 독단이야."

별로 두텁지도 않은 가슴을 류크는 활짝 펴 보였다.

"뭐, 도구는 몰래 빌려왔지만 말이야. 하지만 레오니아 씨도 분명히 알리시아를 가엾다고 생각하고 있었어. 좀 더 자신에게 맡겨달라고 말했는데, 유란 님이……."

"유란 님이? 그러고 보니 유란 님이 불러서 가고 있었죠."

이야기가 본래 줄기로 되돌아왔음을 느끼고, 알리시아는 다시 질문했다. 그런 알리시아에게 대답하는 류크의 표정이 괴로워 보였다.

"……내가 오늘 이런 짓을 한 이유는 유란 님이 레이덴 백작과 함께 알리시아를 재교육한다고 했기 때문이야."

그 말을 듣고서야 알리시아는 자신이 유란에게 불려간 이유를 겨우 짐작할 수 있었다.

"아아, 그랬군요……. 하지만 왜요?"

"레오니아 씨에게 맡겨놓았다간 도저히 끝이 안 나겠다면서. ……끝이 안 나도 좋다고. 어차피 레오니아 씨 의사 따위는 처음부터 무시할 생각이었던 주제에."

귀찮아서인지 혹은 류크가 말한 대로 알리시아가 불쌍해서인지 레오니아는 알리시아에 대한 재교육을 혹독하게 실시하지 않았다. 그 점에 유란도 속이 탔으리라. 자신이 알리시아를 불로 지지고, 다리를 부러뜨릴 생각으로 불렀겠지.

"유란 님도 아직까지 레이덴 백작이 자기 말을 듣도록 만들지 못했으면서. 전부터 조금 위험한 사람이라고는 생각했지만, 그게 무슨 온건파야. 온건파도 급진파도 전부 똑같잖아……!"

어조를 조금 강하게 해서 말한 뒤, 류크는 낙천적인 밝은 목소리를 냈다.

"알리시아, 우선 산에서 내려가자. 먹을 걸 조금 가져왔고, 또 지금 계절이면 버섯도 잔뜩 딸 수 있을 테니까 괜찮아!"

"그러네요. 풀도 잔뜩 나 있고. 음…… 하지만 안 돼요, 류크."

"안 된다니?"

의외라는 듯이 되묻는 류크에게 알리시아는 시원스럽게 고개를 끄덕였다.

"디네로 님을 두고 갈 수는 없어요. 게다가, 뭣보다 류크는 '날개의 기도'의 사람이니까. 먹을 건 고맙게 받겠지만 당신은 돌아가요."

"그럴 수는 없어. 나도 교단에서 나올 거야!"

스리슬쩍 뻔뻔한 알리시아의 말에 류크는 용감하게 선언했다.

"먹여주고 재워주기만 하면 된다고 생각해서 줄곧 머물렀지만, 더는 윗사람들 방식을 따라갈 수가 없어. 기껏 레이덴 지방까지 돌아왔으니까 밑져야 본전이라는 생각으로 집에 한 번 돌아가 보려고 해. 그러니까 그…… 알리시아도 같이 가자."

처음에는 용감했지만 그의 목소리는 겸연쩍었는지 점차 작아졌다.

"게다가…… 저기…… 이거!"

부끄러움을 숨기려는지 큰 목소리를 낸 류크가 내민 것은 이전에 알리시아에게 준 것과 같은 브로치 크기인 목조 초상이었다.

다른 점은 타원형 틀 안에 새겨진 것이 한 쌍의 날개였다. 그 날개에 보호받듯이 혹은 갇혀 있듯이 똑바로 정면을 바라보는 얼굴이 새겨져 있었다. 본 적이 없는 아름다운 소녀였다.

"알리시아, 아셸님을 만나고 싶다고 했지? 그래서…… 봐, 조각해봤어. 사실은 이전에 아셸님을 만난 적이 있거든. 성당에 그릴 그림의 분위기를 파악하고 싶어서 말이야. 아주 가까이 다가갈 수는 없었지만, 인상적인 분이어서 기억에 남았어."

건네받은 초상을 알리시아는 물끄러미 바라보다가 한숨을 내쉬었다.

이 소녀가 성녀 아셸.

"무척 아름다운 분이네요……."

채색이 되지 않은 소박한 목조 초상이었는데도, 류크의 솜씨는 역시 대단하다는 한마디로 충분히 설명할 수 있었다.

간결한 하얀 법의를 걸치고 머리카락을 아무렇게나 늘어뜨린, 굳은 심지를 지닌 성녀의 모습이 저절로 눈앞에 떠올랐다. 등에 달린 거대한 날개가 바람에 흔들리고…… 하지만 그 날개는, 가짜다.

"그렇지? 아름답고…… 그리고 왠지 조금 쓸쓸해 보였어."

"쓸쓸해요?"

"응……. 알리시아도 마찬가지지만."

"제가요?"

그런 말, 지금까지 한 번도 들은 적이 없었기에 놀라고 말았다.

물끄러미 류크를 바라보고 있노라니, 류크는 자신이야말로 쓸쓸하게 웃었다.

"알리시아도 말이야. 항상 방긋방긋 웃고 있지만 가끔 무척 쓸쓸하다고 할까, 애절한 얼굴을 할 때가 있어. ……그거, 라이센 공작을 생각하고 있었지?"

카슈반의 이름을 들은 알리시아는 표정을 흐리면서 '라이센 '강'공작님이에요'라고 류크의 말을 정정했다. 그러자 류크도 한층 더 쓸쓸한, 애절한 미소를 띠었다.

"그렇게 좋은 조건을 제시했는데도, 그렇게 잘생기기까지 한 아즈베르그 공작님과 결혼하고 싶지 않다니……. 아즈베르그의 폭군, 이었던가. 라이센, 어 그러니까 강공작 각하는 분명히 무척 멋진 사람이겠지?"

"……예. 그래요. 무척 멋진 분이에요. 강하고 상냥하고 부자고, 관대하시고……."

때때로 무척 약해 보이는 사람.

"……저의, 이상적인, 서방님이에요……."

카슈반과는 가장 거리가 먼 목조 아셸을 봐도 그의 모습이 뇌리에 떠올랐다. 이러다가는 무엇을 봐도 카슈반 님으로 보일지도 몰라요, 알리시아는 그렇게 생각했다.

그런 형태로라도 좋으니까 만나고 싶다고도 생각했다.

"……그런가. 돈에 팔린 거나 다름없다고 들었는데, 알리시아는 그 사람을 정말로 좋아하는구나."

"정말로, 좋아한다고요……?"

"응. 딱 그런 얼굴을 하고 있는걸."

"음, 어, 어떤? 어떤 얼굴이죠?"

저도 모르게 두 뺨에 손을 대고 다양한 표정을 만들기 시작한 알리시아를 보고 류크는 이번에는 즐겁게 웃었다.

"계획 변경. 이봐 알리시아, 아즈베르그로 돌아가자. 그리고 나를 전속 화가로 라이센 강공작에게 추천해주지 않을래?"

화가라느니 악사 같은 자를 끌어안고 창작을 원조하는 행위는 부자라는 증표. 어머, 멋지겠네요. 이렇게 생각하며 알리시아는 재빨리 사고를 전환했다. 하지만.

"으음. 하지만 카슈반 님은 지금 레이덴 지방에 와 계실 거예요. 게다가 예술 활동에 크게 관심도 없으신가 봐요……."

"그런가 봐. 하르바스트 가에 있던 화가는 쫓겨났다고 들었으니까. 하지만 내 그림은 교단의 높으신 분도 인정해주셨어! 게다가 교단 정보도 많이 갖고 있으니까, 틀림없이 고용해줄 거야!!
……안 된다면 허드렛일이든 뭐든 할 테니까, 부탁해, 알리시

아."

느긋함과 뻔뻔함, 게다가 약한 모습까지 섞어가며 류크가 부탁하자 알리시아도 미소를 지었다.

"그러네요. 저도 카슈반 님도 무사하다면 분명히 괜찮아요. 그래, 류크는 나를 도와주었으니까요. 그분은 자신에게 뭔가 해준 적이 있는 분에게는 반드시 보답하시거든요."

알리시아가 그렇게 말함과 거의 동시에 바람을 가르는 소리가 들렸다.

"앗?"

알리시아가 저도 모르게 소리를 냈다. 거의 동시에 류크가 절규했다.

갈변한 부분이 눈에 보이기 시작하는 녹색 덤불 위로, 알리시아의 오래된 드레스 자락 위로, 목조로 된 성녀의 초상 위로 붉은 비가 내렸다.

류크의 오른쪽 어깨에 화살 하나가 박혀 있었다.

"류크!"

"응? 조금 빗나갔나요?"

몸을 웅크리는 류크에게 달려온 알리시아의 귀에 요 얼마간 듣지 못했던 부드러운 목소리가 들려왔다.

부드러운 부엽토를 짓밟으면서 유란이 십수 명의 병사를 이끌고 다가왔다. 아마도 자신이 부른 알리시아가 도망쳤다는 보고를 들고 쫓아온 것이리라.

"연습을 많이 했다고 생각했는데, 역시 실전은 어렵네요."

그 손에 들린 무기는 알리시아도 실제로 본 적이 있는 무기였다.

석궁.

다루기 위해 훈련과 완력이 필요한 장궁과 달리, 쏘는 방법만 기억하면 강력한 힘으로 화살을 발사할 수 있는 무기다. 나무 활대에 화살을 올려놓고, 특정 기구를 사용해 활시위를 잡아당긴 뒤, 목표를 정하고 방아쇠를 당기기만 하면 된다.

유란이 가진 석궁은 손으로 윈치를 돌리는 종류였다. 화살을 활대에 장전한 상태로 고정해 들고 다니기 편리했지만, 다음 화살을 시위에 메는 데 시간이 걸리기 때문에 실전에서는 생각 외로 불편했다.

그러나 지금처럼 첫발로 결판이 나면 뒷일을 걱정하지 않아도 된다.

"……하지만 출혈이 엄청나네요……. 우우……, 아니, 여기서 겁먹어서는 안 됩니다……. 피가 튈 걱정도 없고요……."

상처에서 뿜어져 나온 대량의 피 냄새에 유란은 기분이 나쁘다는 표정을 지었다. 검 같은 것과 달리 접근할 필요가 없기에 활을 골랐으리라.

뭣보다 알리시아가 알고 있는 유약한 유란이라면 스스로 석궁의 방아쇠를 당기는 일도 불가능했으리라. 그런 의미에서 그는 물밑 왕국에 가봄으로써, 티르나드와 류크에게는 불행한 방향으로 성장했다.

"빠, 빨리…… 쫓아오셨, 네요……. 유란 님……."

"류크가 이상한 냄새가 나는 가루를 뿌리고 갔으니까요. 냄새를 쫓으면 어디로 도망갔는지 쉽게 알 수 있습니다. 정말 곤란하네요. 정말 생각이 부족…… 어이쿠."

유란이 어깨를 으쓱했다. 알리시아는 서둘러 유란에게서 류크에게로 시선을 되돌렸다.

"괘, 괜찮아. 나, 살아 있어……."

피가 철철 뿜어져 나오는 오른팔을 왼손으로 누르며 류크는 억지 미소를 짓고 있었다. 섣불리 화살을 빼면 상처가 한층 더 벌어질지도 모른다. 그런 지식이 있는 알리시아로서는 어떻게 할 방법이 없었다.

"하하, 하지만 팔이 전혀 올라가지 않아……. 손가락도, 안 움직이고……."

아름다운 그림이나 조각품을 만들어내는 재주 좋고 섬세한 손가락은 부들부들 떨고 있을 뿐이었다.

"이, 이렇게 될 줄 알았다면 성당 그림, 제대로 그려둘 걸……, 지금 막 정말, 정말 좋은 도안이 떠올랐는데."

"무슨 말을 하는 겁니까? 류크. 당신에게 다음 기회가 있을 리가 없는데요?"

미소 짓는 유란의 손이 윈치를 이용해 시위를 당기기 시작했다.

"다시 태어나고 싶죠? 다시 태어나게 해드리겠습니다."

활의 몸통이나 윈치의 손잡이 등에 정교한 날개의 문장이 새겨져 있음을 알리시아는 알아차렸다. 정교함을 볼 때 류크가 만든 물건이 틀림없었다.

"그만두세요, 유란 님! 류크가 만든 물건으로 류크를 쏘지 마세요!"

재빨리 알리시아가 외치며 류크를 감싸듯이 양팔을 벌렸다.

"류크가 만들었다고요? 아닙니다, 이걸 만든 사람은 레오니아입니다. 들으셨을지 모르겠지만, 그는 이런 물건을 만드는 특기가 있어서요. 인간은, 누구나 쓸모 있는 점이 하나씩은……어이쿠."

시시한 발명만 하는 듯이 보였는데 레오니아는 위력적인 물건도 만드는 것 같았다. 그런 물건이 눈으로 보기에 아름답지 않으면 옆에서 류크가 손을 보탰겠지.

"레오니아는 심판의 화살이라고 말하고 있습니다만, 저는 이것을 구원의 무기라고 생각합니다. 그렇다고는 해도 류크, 당신은 명색이 성직에 몸을 담은 자. 이 활의 위력을 빌리지 않아도 자신의 날개로 더 높은 나라에 갈 수 있겠지요……. 자, 알리시아 님. 비키세요."

유란이 부드럽게 미소 지으며 말했다. 하지만 알리시아는 비키지 않았다.

그 활이 레오니아와 류크의 합작이라면 한층 더 류크를 쏘게 놔둘 수는 없었다.

"알리시아, 됐어. 너라도 도망쳐……."

류크 본인이 그렇게 말해도 알리시아는 움직이지 않았다.

"안 돼요. 도망쳐도 잡힐 뿐인걸. 어차피 도망칠 수 없다면, 류크를 지키지 않으면 손해인걸요⋯⋯."

고집스러운 태도를 보고 유란은 사뭇 곤란하다는 얼굴을 했다.

"그 남자는 먹고살기 힘들어서 교단에 들어왔습니다. 그림에 재능이 있음을 발견해서 중요한 일을 맡겼지만 기일을 지키지 못하고 주변에 큰 폐를 끼쳤죠. 그런데도 헤실헤실거리기만 했습니다. 그런 끝에 자신을 동정해준 레오니아의 얼굴에 먹칠하는 짓을 저질렀습니다. 솔직히 사람 손이 부족해서 부려보긴 했지만, 결국은 이런 인간이었던 겁니다."

팽팽하게 당겨진 시위에 메겨진 화살촉이 알리시아를 향했다.

그러나 알리시아는 비키지 않았다. 유란은 알리시아를 보고 포기했는지 바로 활을 내렸다.

"어쩔 수 없는 분이군요. 그렇다고는 해도 그 상냥함은 지방백 영애에 걸맞다고 할 수 있겠지요. 알았습니다. 류크를 쏘는 일은 그만두겠습니다. ⋯⋯피 냄새 때문에 토할 것 같기도 하고요."

석궁 자체도 무거웠으리라. 유란은 석궁을 가까이에 있던 병사에게 건넸다. 어중간하게 예전 모습 그대로인 점이 한층 더 무서웠다.

"대신, 다시 한번 당신이 도망치는 일이 벌어진다면 류크가 어떻게 될지는 아시겠지요? 유일한 장기를 잃어버린 류크는 더

욱 경건하게 기도해서 아셀님의 도움이 되는 길밖에는 없습니다."

알리시아 본인에게 '재교육'을 할 필요가 없이, 알리시아가 이곳을 떠나지 못하게 하는 아주 유용한 재료를 발견한 유란은 기뻐하고 있었다.

그림을 그리기는커녕, 손가락을 움직이기조차 여의치 않은 류크는 설령 몸이 회복된다고 해도 할 수 있는 일이 매우 한정될 것이다. 교단의 보호가 없으면 하루하루 먹고 사는 일도 힘들겠지.

"……알았어요……."

의기소침하게 어깨를 떨어뜨린 알리시아가 고개를 끄덕였을 때였다. 유란의 등 뒤로 검은 머리카락을 가진 키가 큰 그림자가 우뚝 와서 섰다.

알리시아는 한순간 흠칫했다. 그 그림자가 카슈반처럼 보였기 때문이다. ─그러나 모습을 드러낸 사람은 다른 남자였다.

"……류크……."

"아…… 레오니아 님."

낮잠이라도 자고 있었을까. 한층 더 덥수룩한 머리를 한 레오니아가 피투성이가 된 류크를 바라보며 멍청히 서 있었다.

"아아, 레오니아. 왔군요. 얘기는 들었지요? 당신의 종자가 어처구니없는 짓을 벌였답니다."

레오니아는 덥수룩한 앞 머리카락 사이로 자신을 돌아본 유란과 옆에 선 병사가 손에 든 석궁을 재빨리 훑어보았다.

"……죽였나……. 그, 활로……."

"살아는 있답니다. 뭣보다 화가로서는 죽었을지 모르지만…… 어이쿠, 실례."

유란이 곤혹스러운 미소를 지었다. 레오니아는 그 옆을 스쳐 지나가 류크 곁으로 다가섰다.

"바보 녀석 같으니…… 기껏 레이덴에 데려와 주었더니……."

충격과 출혈로 의식을 잃어가는 류크의 오른팔을 노려보며 레오니아는 그렇게 내뱉었다.

분명히 류크를 집에 돌려보낼 생각으로 종자로서 데려왔으리라. 취향은 정반대지만 역시 사이가 좋네요. 그렇게 생각한 알리시아는 그만큼 더 괴로워져서 살며시 눈을 내리깔았다.

이윽고 유란의 지시로 병사들이 움직이기 시작했다. 류크는 레오니아와 함께 병사 몇 명의 손에 의해 들것에 실려 끌려갔고, 알리시아도 원래 온 길을 되돌아가도록 재촉받았다.

"……좀 더 치렁치렁하게 장식해서 조준도 빗나가도록 했으면 좋았을 텐데요, 류크……."

피투성이 성녀의 초상을 손에 꼭 쥐며, 알리시아는 터벅터벅 걷기 시작했다.

"……하지만 카슈반 님은 살아계신, 거죠……."

언제고 간에 라이센 공작의 부고가 도착할 것이다. 막 재회했을 때, 유란은 자신만만하게 말했다.

그러나 아직 그런 얘기는 들리지 않았다. 시간은 충분하다고 했지만, 유란 스스로 알리시아의 '재교육'에 나섰다는 점을 보면 여유가 없다는 사실이 다 들여다보였다.

사람 손이 부족하다고도 말했다. 고위 성직자나 경비병 수가 적은 것도 사실을 뒷받침하고 있었다.

온건파와 급진파.

교단 내에서 이루어지는 대립이 각각 파벌이 가질 수 있는 힘을 제한하고 있는 게 아닐까.

한 번 실패한 유란은 사실 세력이 많이 줄어든 게 아닐까…….

그런 생각을 하는 와중에도 이따금 그곳에 소름 끼치는 괴물이 나타난다는 등 망상에 방해받았다. 그러면서도 알리시아는 결론에 도달했다.

결국 자신이 할 수 있는 일은 오직 하나.

"우선, 구해주러 올 때까지 기다리는 수밖에 없겠네요……."

아무리 경비병이 적다고 해도 도망치면 이처럼 추적자가 쫓아온다는 사실은 이미 증명되었다. 풀을 먹으며 연명할 수 있을지는 몰라도 알리시아에게는 추적자를 따돌리며 도망치는 능력은 없었다.

게다가 류크는 적이고 손 쓸 도리도 없을 만큼 생각 없고 무책임했지만, 류크가 죽는 것을 원치 않았다.

기다리는 사이, 디네로와의 결혼 얘기는 또다시 진행될까.

마음이 무거워졌지만 그래도 될 대로 되겠지라고 생각을 바꾸며 알리시아는 묵묵히 걸었다.

멀리서 사람들이 술렁이는 소리가 들려왔다.

다시 끌려온 지 이틀째 되는 밤, 감금실 침대에서 꾸벅꾸벅 졸던 알리시아는 멍하게 눈을 떴다.

"무슨 일일까요……?"

주변을 둘러봐도 그저 시커멓게 보일 뿐이었다. 그러나 밖에서 희미한 불빛과 함께 긴장감을 띤 속삭이는 목소리가 실내로 흘러들어 오고 있었다.

시각은 한밤중일 터였다. 무척 규칙적인 생활을 하는 성당 안 사람들이 이런 시간에 소란을 떨기는 처음이었다.

"대체 어떻게……, 앗."

머리맡에 놓아둔 안경을 손으로 더듬던 알리시아의 머리카락이 갑자기 불어온 바람에 흔들렸다.

어머나라고 생각한 순간, 한 줄기 은색이 시야를 스치고, 이어서 누군가가 안경을 씌워주었다.

"루……!"

"어이쿠, 알리시아. 쉿."

익살 떨듯이 웃는 자는 은발의 사신 소년 루아크였다.

자주적으로 입을 막으면서도 재회한 기쁨에 얼굴이 한껏 환해진 알리시아를 보고 루아크도 기쁜 표정을 지었다.

"아아, 역시 알리시아도 약간은 야위었구나……. 하지만 일단은 괜찮아 보이네."

육체적으로도, 정신적으로도 그렇게까지 심각한 상태는 아니다. 루아크는 한눈에 꿰뚫어 본 모양이었다.

"폐를 끼쳐서 미안해요, 루아크. 도망치려고도 해봤는데."

"하하. 괜찮아. 섣불리 상대방의 말을 거스르거나 해서 일이 이상하게 꼬이기보다는 훨씬 나아. 게다가 이런 상황에서는 그저 얌전히 기다리는 쪽이 더 대단하다고. 우리가 올 거라고 믿어 줬다는 뜻이잖아?"

감금된 공포와 초조함 때문에 인질은 자연스럽게 자신의 힘으로 사태를 개선하려고 한다. 그러나 루아크같은 사람이라면 몰라도 전투 능력이 전무한 알리시아가 쓸데없는 짓을 벌인다면 오히려 사태가 복잡하게 꼬일 수도 있다.

"하지만 이 옷은 마음에 안 드는걸. 드레스는 뺏겼어?"

알리시아는 현재 '날개의 기도' 교단의 하얀 법의를 입고 있었다. 입고 있던 드레스가 류크의 피를 뒤집어쓰면서 피투성이가 되기도 했고, 또 법의로 갈아입더라도 말리는 사람이 사라졌기 때문이었다.

"그래요. 아깝긴 하지만 피투성이가 돼버렸으니까요. 그 드레스, 이미 버렸을지도 몰라요."

"엑, 잠깐만. 왜 피투성이가 되었는데?"

루아크가 갑자기 의아한 얼굴을 했다. 그런 루아크에게 알리시아는 단적으로 대답했다.

"류크가 유란 님이 쏜 화살에 맞았거든요. 아, 맞다. 루아크. 나는 괜찮지만 레이덴 백작님과…… 디네로 님과 그리고 류크는 어떻게 됐죠?"

"어, 그러니까. 그 류크란 사람은 대체 누구야?"

"류크는 먹고살기 힘들어서 교단에 들어온 화가예요. 하지만 이제 더는 그림을 그리지 못할지도 몰라요……. 절 도망치게 해 줬을 때 유란 님이 석궁으로 쐈거든요. 그 뒤로 죽었다는 말은 듣지 못했지만, 혹시 어떻게 됐는지 알아요?"

류크가 활에 맞은 이후, 알리시아는 류크나 레오니아와도 만나지 못했다. 디네로와의 결혼 이야기조차도 아무리 물어도 어떻게 흘러가는지 가르쳐주는 사람이 없어서, 알리시아는 정보에 굶주려 있었다.

"와. 지적할 곳이 산더미 같아서 기쁘긴 한데, 우선 다른 사람들이랑 합류하자. 얘기는 나중에 할 수 있으니까."

루아크도 듣고 싶은 이야기가 많은 모양이었지만, 역시 냉정했다.

한편, 방 밖에 있는 사람들은 차츰 냉정함을 잃고 있었다. '경비병을 모아라', '불을 좀 더 가져와', '레오니아 님은 어디 가셨나?' 등등 당황해서 떠드는 목소리가 흐트러진 발소리와 섞여 멀어졌다.

"양동 작전 성공, 이라는 느낌인걸. 그럼 이제 슬슬 가볼까, 알리시아. 잠깐 기다려줘."

문에 달린 작은 창문으로 밖을 살펴보고 루아크는 산책이라도 가자는 어조로 중얼거렸다. 은색 궤적이 일순 방 안쪽으로 물러선 것 같았다. 그런 생각에 알리시아가 뒤를 돌아보자, 창을 덮었던 이중 창살이 깨끗하게 떼어진 광경이 눈에 들어왔다.

"루아크, 이리로 들어왔어요?"

놀란 알리시아가 주변을 두리번거리자, 이번에는 문 건너편에서 뭔가가 쓰러지는 소리가 났다.

"기다렸지, 알리시아."

밖에서 문을 열고 아무렇지도 않게 걸어 들어온 이는 루아크였다. 그의 발치에 계속 방문을 지키던 경비병이었던 듯한 사람 하나가 기절해서 쓰러져 있었다. 아무래도 '너는 자리에 남아 있어라'라는 말을 듣고, 계속 방문을 지키고 있던 모양이었다.

"예에. 하지만 괜찮아요?"

"이 건물에서 숲으로 이어지는 길에서 발로이 아저씨하고 교단 사람들이 교전 중이야. 그런데 역시 기본은 성직자야. 훈련은 좀 했지만 다들 우왕좌왕하고 있어서 말이지. 여기 감시는 완전히 빈틈투성이야."

경비병에게서 빼앗은 듯한 램프를 한 손에 든 루아크가 하는 말처럼, 시끄럽게 떠드는 목소리는 모두 건물 밖에서 들려오고 있었다.

"그러네요, 게다가 원래 사람도 적었던 것 같고…… 아!"

복도로 나간 알리시아의 목소리가 도중에 튀어 올랐다. 어슴푸레한 복도 저편에서 레네와 디네로가 나타났기 때문이었다.

"다행이에요, 두 사람 다 무사……."

도중에 말이 막혔다.

루아크가 손에 든 램프 불빛에 떠오른 레네도 디네로도 상처 입고 더러워져서 도저히 무사해 보이지 않았기 때문이었다.

"무사하셨군요, 알리시아 님⋯⋯."

"알리시아, 다행이다."

두 사람은 여느 때의 무표정한 얼굴을 살짝 무너뜨리면서 알리시아에게 상처가 없다는 사실을 기뻐했다.

"두 사람 다 대체 어떻게 된 일이에요?"

"아아, 레네는 알리시아와 디네로 님을 두고 왔다고 무척 신경 써서 말이야. 엄청난 강행군으로 사실을 알리러 와줬어. 덕분에 이 꼴이지."

루아크의 설명에 알리시아는 그렇지 않아요, 라며 고개를 저었다.

"두고 갔다고 생각하지 않았어요, 레네. 누군가 알리러 가긴 해야 했고, 또 저랑 디네로 님은 살해당할 걱정은 없었으니까요. 게다가 아무도 도망치지 못한 상황보다는 낫잖아요?"

"아뇨, 호위로서 곁에 있었으면서 그런 상황이 일어나도록 놔두었다는 자체가 창피해해야 할 일입니다. 발로이 님께서도 크게 질책하셨고, 깊이 반성하고 있습니다."

이마와 뺨에 찰과상을 입은 레네가 진지한 얼굴로 사과했다. 그 모습을 보고 알리시아는 다시 한번 고개를 저었다.

"괜찮아요, 레네. 와줘서 기뻐요. 아, 맞다. 나중에 카슈반 님과 엄청나게 러브러브하⋯⋯."

거기서 알리시아는 무의식중에 피하고 있던 화제를 머뭇머뭇 입에 담았다.

"루아크……. 카슈반 님은…… 무사한가요?"

"피곤하고 초조해서 이따금 알리시아의 환각을 보는 모양이지만, 그럭저럭 괜찮아. 금세 만날 수 있으니까 안심해."

힘을 북돋아 주려는지 웃어주는 루아크를 보고 알리시아는 하아 크게 한숨을 내쉬었다. 우는 듯, 웃는 듯 애매한 미소가 자연스럽게 입가에 떠올랐다.

"……다행이에요, 다행이에요……."

그런 알리시아를 디네로가 말없이 바라보았다.

시선을 알아차리고 알리시아가 디네로를 바라보았다. 디네로가 입고 있는 하얀 법의 일부가 찢어져 있었고, 그 밑으로 상처를 치료한 자국이 엿보였다. 며칠 전에 방에 왔을 때보다도 얼굴색이 더 나빠져 있었다.

"그런데, 디네로 님은 어떻게 되셨죠? 다치기라도 하셨나요?"

"너와, 결혼하지 않겠다고, 말했다가, 당했다."

담담한 디네로의 대답에 알리시아는 물론 루아크와 레네도 눈을 동그랗게 떴다.

"─그거, 유란 님도 엄청나게 강경한 수단으로 나왔는걸. 포로도 전혀 입을 열지 않아서 상황을 알 수 없었는데…… 우리, 안 늦었지?"

루아크가 일이 이상하게 꼬인 거 아니냐고 탐색하듯이 녹색 눈동자를 움직였다. 그에게 알리시아는 고개를 끄덕였다.

"음, 예. 한때는 결혼할 뻔했지만, 거절해주셨죠. 디네로 님…… 그, 다행이네요……?"

유란이 결혼하라고 발언하고 디네로에게 키스 당할 뻔한 일까지 일련의 흐름을 떠올리면서 알리시아는 고개를 작게 갸우뚱했다.

"아, 그래도 디네로 님이 다치신 건 다행이 아니에요."

"대단하지, 않다. 나보다는, 티르가."

티르나드의 애칭을 입에 담은 디네로가 시선을 슥 움직였다. 또 하나의 그림자가 시선 끝, 복도 모퉁이를 돌아 모습을 나타냈다. 디네로 님만큼 커요. 알리시아는 한순간 그렇게 생각했지만, 한 사람이 다른 한 사람을 등에 업고 있었기 때문이었다.

"제다! 레이덴 백작님!"

램프 불빛이 닿는 범위에 들어온 것은 축 늘어진 티르나드를 등에 업은 제다였다.

"심하군요."

상처 입은 얼굴을 살짝 찡그리며 레네가 중얼거렸다. 그 말대로 이곳에 모인 사람들 중에서 티르나드의 상태가 가장 심각했다.

열띤 얼굴은 발그스레했고, 드문드문 찢어진 법의 사이로 들여다보이는 피부에는 물집이 무리 지어 생겨 있었다. 불에 그슬렸음을 알아차린 알리시아의 등줄기가 오싹해졌다.

축 늘어진 한쪽 다리는 부러진 탓에 제다는 티르나드를 똑바로 업을 수도 없는 듯했다. 거의 의식을 잃은 상태나 마찬가지여서 등에 업는 일도 수월치 않았다. 제다도 균형을 잡느라 고생하고 있었다.

"제다 씨, 괜찮아? 내가 바꿔줄까?"

루아크의 말에 제다는 울컥해서 대답했다.

"이 정도쯤이야 아무렇지도 않아. 그보다 알리시아 님, 류크라는 남자를 아십니까?"

"예. 알고 있어요. 류크는 무사한가요?"

"여러분을 찾던 도중, 그렇게 이름을 대는 남자를 발견했습니다. 알리시아 님과 아는 사이이다, 구해주길 바란다. 덧붙여 자신도 도망치게 해달라고 말했습니다만, 아무리 봐도 교단의 인간이더군요. 그래서 일단 그 말을 무시했습니다만."

"음 그게 분명히 교단 사람이지만, 저를 구해주려고 했던 사람이기도 해요."

거기서 알리시아는 루아크에게 부탁했다.

"저기 루아크, 아까도 말했지만 류크는 저를 구해주려고 했어요. 게다가 이제 두 번 다시 그림을 그릴 수 없을지도 모르지만, 류크는 아셸님을 만난 적이 있다고 했어요."

성녀 아셸.

그 이름을 듣고 알리시아와 축 늘어진 티르나드 이외의 사람들 얼굴에 단숨에 긴장한 빛이 달렸다.

분위기를 알아차리지 못하고 알리시아는 법의의 품을 뒤져서 류크가 손수 만들어준, 나무로 된 아셸상을 꺼내 들었다. 알리시아의 초상은 전에 입었던 드레스째 빼앗기고 말았지만, 피에 젖은 성녀 상은 '재교육'에도 도움이 된다고 생각했으리라. 유란은 이마저 빼앗지는 않았다.

"봐요, 이분이 아셸님이래요. 류크는 교단의 일을 여러모로 아니까, 가능한 한 구해주지 않을래요? 다른 포로처럼 입을 열지 않는다든가, 그럴 일은 없을 거예요. 카슈반 님이 아주 심하게 추궁하지 않아도 될 거예요."

"……저기 알리시아. 그 류크란 사람, 혹시 고위 성직자야?"

대표로 루아크가 묻자 알리시아는 류크와 나눈 대화를 떠올리면서 대답했다.

"아뇨, 7계제에 있는 사람이에요. 하지만 어 그러니까, 성당에 그림을 그리려고 새 아셸님과…… 어머? 오래된 쪽이었던가요?"

"새 성녀에 오래된 성녀라고. ……에헤헤. 분명히 뭔가를 아나 보네."

의미심장하니 옅게 웃은 루아크는 자신과 똑같이 뭔가를 느낀 제다와 레네에게 시선을 향했다.

"그거 류크라는 사람에게 반드시 이야기를 들어봐야겠는걸. 두 사람은 사전에 얘기한 대로 여기 세 사람을 데리고 도망가. 나는 류크라는 사람을 찾아서 데려갈게. 제다 씨, 그를 발견한 장소를 가르쳐 줘."

멀리서 싸우는 소리를 들으면서 알리시아는 디네로의 팔에 안겨 어두운 산중을 나아가고 있었다.

상처를 입은 디네로에게 그런 일을 맡기기엔 마음이 걸렸지만, 디네로가 무작정 안아 올렸으니 어떻게 할 수도 없었다.

레네는 체구도 작았고, 입 밖에 내지는 않았지만 알리시아도 알 수 있을 만큼 지쳐 있었다. 또 제다는 중상을 입은 티르나드를 업고 있었다. 그런 점을 생각할 때, 한시라도 빨리 도망치기 위해서는 이것이 최선이었다.

길이 좋지 않아서 떠들면 혀를 깨물까 봐 아무 말도 할 수 없었다. 그저 디네로의 법의를 움켜쥐고 때때로 풀이나 작은 나뭇가지가 몸에 부딪치는 통증을 참고 있었다. 그렇게 얼마나 시간이 지났을까.

정신을 차리고 보니 싸우는 소리는 거의 들리지 않았다. 양동 작전의 정석대로 본진은 정반대 편에 숨어 있었군요. 알리시아가 그렇게 생각하고 있으려니 갑자기 디네로가 멈춰 섰다.

달빛에 녹아들어 버릴지도 모르는 작은 불빛 몇 개가 어둠 속에 떠올라 있었다.

주위에서 술렁거림과 사람의 기척도 느껴졌지만, 공교롭게도 이렇게 어두운 상황이라 알리시아에게는 주위가 제대로 보이지 않았다.

"디네로 님……, 아."

당혹스러워하는 알리시아를 디네로가 지면에 내려놓았다.

부드러운 부엽토에 발이 닿았다고 생각한 다음 순간, 또다시 누군가가 알리시아를 안아 올렸다.

"꺅!"

무슨 일이 일어났는지 몰라 깜짝 놀란 알리시아는 반사적으로 상대의 옷을 꽉 움켜쥐었다. 그런데 손에 와 닿는 옷감의 감촉이 아까와는 달랐다. 넉넉하고 부드러운 법의가 아니라, 좀 더 단단하고 비바람에 견디길 상정한 두꺼운 옷감이었다.

탐색하듯이 슬슬 손에 닿은 부분을 손가락으로 더듬자, 커다란 손에 통째로 손을 붙잡혔다. 검술 훈련 때문에 생긴 굳은살이 두드러지는 거친 손바닥. 거기서 전해지는 열기.

"……카슈반 님……?"

작게 부르자 몸을 안은 팔의 힘이 강해졌다. 그러나 그는 대답하려 들지 않았다.

"카슈반 님, 이시죠? 아닌가요……?"

환각이 이렇게까지 발전했나요, 그렇게 생각하면서 알리시아가 물었다. 그러나 카슈반이라고 생각한 그림자는 알리시아를 안은 채로 미동도 하지 않았다.

"저기, 카슈반 님이 아니라면 놔주시겠어요……? 하지만, 카슈반 님이시죠……? 뭔가 말씀을 해주시겠어요……?"

"……네가 말해라……."

귓가에 대고 속삭이는 목소리에 알리시아는 '배가 아파' 왔다.

"역시, 카슈반 님, 이시죠……? 아, 몸은 괜찮으세요?"

"됐으니까 네 얘기나 해……!"

약간 초조해하며 명령하는 목소리에 알리시아는 당혹스러워하면서 카슈반에게 전해야 하는 말을 생각했다.

"음 그러니까, 와주셔서 정말 기쁩답니다……. 이곳에 오는 도중에 처음으로 당나귀에 타봤어요. 당나귀 고기는 맛있을까요……? 그리고, 파란 하늘은 역시 이따금 보면 정말로 아름답더군요…….”

여행기로 보기에도 맥락이 불분명한 이야기를 카슈반은 말없이 듣고 있었다.

“아름답다고 하니, 류크가 나무를 깎아 제 초상을 만들어줬답니다……. 아, 하지만 전에 입었던 드레스 주머니에 넣어두었죠……. 기껏 깎아줬는데 그것도 같이 버려졌을까요…… 앗!”

끌어안는 팔에 힘이 들어갔다.

더는 어떻게 할 수 없을 정도로 몸이 밀착했고, 더는 어떻게 할 수 없을 정도로 ‘배가 아파’ 왔다.

“겨우 만났다고 생각했더니 참 아무래도 좋을 소리만 하고 있군……! 이번에야말로 환상이 아닌…… 진짜 알리시아다……!!”

카슈반의 커다란 손이 알리시아의 머리에 닿았다.

“내가 보는 환상은 이성이 방해해서인지 네가 너무 정상적이었지……. 하지만…… 겨우, 겨우 무사히 만날 수 있었다…….”

커다란 손가락으로 머리를 빗듯이 하면서 몇 번이나 머리카락 감촉을 확인했다. 그때마다 알리시아는 등줄기가 오싹오싹했다.

“레네가 상황을 전하러 왔다……. 하지만 바로 돌아갈 수는 없었다……. 게다가 아즈베르그에서도 어느 바보 자식들이 들고일어나서…… 그 자식들은 돌아가면 가만두지 않겠다…….”

디네로 님이야말로 아즈베르그의 영주에 걸맞다. 그렇게 말한 병사와 같은 생각을 하는 사람들이 무슨 짓인가를 벌였으리라. 카슈반은 순간적으로 살기를 담아 내뱉었다.

"살해당하지는 않는다고 해도…… 그 외에도 얼마든지 심한 짓을 당할 수 있어……. 네가 무슨 일을 당하고 있을지도 모른다고 생각하니…… 하지만……, 정말 다행이다……."

감격에 겨워 떨리는 목소리에 담긴 열기가 약간 늦게나마 알리시아에게도 전해졌다.

"저도…… 저도, 유란 님이 그, 카슈반 님을…… 죽인다고…… 말씀하셔서요. 너, 너무…… 무서…… 웠어요."

알리시아는 카슈반에게 무슨 일이 있을지도 모른다고 생각하니 불안해서 참을 수가 없었다. 그러나 알리시아와 마찬가지로 멀리 떨어져서 상황을 전혀 알 수 없었던 카슈반도 마찬가지로 불안했었다니.

다시금 올려다본 카슈반은 눈 밑에 커다랗게 기미가 생겨서, 한층 더 나이 들어 보였다. 동시에 눈 깊숙한 곳에 불안의 그림자가 남아 있어서 집을 잃은 아이 같은 위태위태한 분위기를 조성하고 있었다.

알리시아는 저도 모르게 남편에게 달라붙어서 카슈반이 자신에게 해주던 것처럼 손가락에 닿은 뻣뻣한 검은 머리카락을 상냥하게 쓰다듬었다.

그 광경을 보고 레네가 '이것이 제게 주는 감사의 표시로군요. 참고하겠습니다'라고 말했다. 레네는 목표로 했던 알리시아 구출이 성공하자 기운이 쭉 빠졌는지 지면에 웅크리고 앉아 있었다. 그러나 레네가 하는 말이 알리시아에게는 크게 신경 쓰이지 않았다. 디네로가 말없이 이쪽을 쳐다보고 있어도 역시 의식되지 않았다.

"저도…… 그, 저도 몇 번이나 카슈반 님을."

"티르나드 님!"

무엇을 봐도 카슈반 님을 떠올렸다는 이야기를 하려는데, 세이그람의 목소리가 크게 울려 퍼졌다.

깜짝 놀라서 주변을 돌아보니 약간은 어둠에 익숙해진 눈에 트레이스의 어깨를 빌려 비틀비틀 걸어오는 세이그람이 들어왔다. 안경은 새로 조달했는지 혹은 빌렸는지 제대로 쓰고 있었다. 하지만 상처는 아직 다 낫지 않았는지, 얼굴색이 좋지 않았다.

세이그람의 시선 끝에는 등에서 미끄러질 것 같은 티르나드를 고쳐 업으면서 다시 걷기 시작한 제다가 있었다. 의식이 없는 티르나드를, 상처도 신경 쓰면서 업는 일은 상당한 중노동 같았다. 어느샌가 두 사람과는 상당히 거리가 벌어져 있었다.

"아, 다행이에요. 세이그람. 무사했군요! 카슈반 님, 노라는 무사한가요?"

세이그람에 이어 알리시아는 노라가 무사한지를 확인하려고 했다. 그러나 카슈반의 대답은 갑자기 터진 비명에 가로막히고 말았다.

화톳불을 쓰러뜨리며 한 병사가 절규를 내지르며 지면에 나뒹굴었다. 배에는 화살이 깊게 박혀 있었다.

"역시 들켰나. 하지만 수는 별로 많지 않다. 발로이가 꽤 줄여 줬군."

빈정거리듯이 중얼거린 카슈반의 목소리는 조금 전과는 180도 달라져서 패기에 가득 차 있었다. 알리시아의 무사함이 확인되면서 가장 신경 쓰이던 일이 없어졌기 때문이었다.

"궁수가 있다! 방벽을 만들어라! 불을 좀 더 지펴라. 우리가 있는 곳은 이미 다 알려졌다!"

알리시아를 안은 채로 재빠르게 물러난 카슈반을 대신해 방패를 든 병사들이 전선으로 나섰다. 바로 그 뒤를 이어 폭우 소리와도 닮은, 두꺼운 판에 계속해서 화살이 날아와 꽂히는 둔중한 소리가 들리기 시작했다.

그때까지는 조심스럽게 켜놓았던 화톳불도 몇 개나 지펴지면서 밤의 어둠을 밝혔다. 이미 이쪽 위치가 노출된 이상, 어중간하게 켜놓은 불은 표적이 될 뿐이었다.

"몇 명은 제다와 티르나드를 도와라!"

일행과 아직 합류하지 못한 제다와 티르나드는 직접 활 공격을 받진 않았다. 그러나 허공에서 난무하는 화살에 맞지 않으리라는 보장도 없었다. 무엇보다 적이 직접 공격에 나선다면 짐을 짊어지고 있는 제다가 위험했다.

계속해서 명령을 내리는 카슈반에게 팔에 안겨 있던 알리시아가 말했다.

"카슈반 님, 조심하세요. '날개의 기도' 분들은 석궁을 갖고 있어요."

"뭐라고? 하지만 연사하지 못해서라기에는 일제 사격으로 끝장을 보려는 기색도 없군. 조심은 하겠지만 주력 무기는 아마도 평범한 화살이겠지."

"거기에 루아크는 류크…… 그러니까, 아까 말한 초상을 깎아준 사람을 구하러 갔답니다. 원래 농민 출신으로 화가에 수습 성직자인."

"……? 알았다. 우선 루아크라면 걱정 없겠지."

전해진 정보에 고개를 끄덕여 보이고는 카슈반은 알리시아를 내려놓고 트레이스와 세이그람 쪽으로 떠밀었다.

"알리시아, 노라는 무사하다. 트레이스, 세이그람과 함께 물러나서 기다리고 있어라. 세이그람, 티르가 걱정되는 건 알겠다만, 내 말에 무조건 따르겠다고 약속을 했기에 곁에 둔 거다. 거기서 움직이지 마!"

세이그람은 상당히 무리해서 따라왔음이 틀림없었다. 그런데도 여전히 제다와 티르나드 쪽으로 가려는 모습을 보였다. 하지만 그에게 어깨를 빌려주었던 트레이스가 완고하게 움직이지 않았기 때문에 포기한 모양이었다.

레네는 자신이 현재 상태로는 전력이 되지 못한다고 판단한 모양이었다. 자주적으로 뒤로 물러나 있었다. 그러나 손에는 나이프를 쥐고 있어서, 조금이라도 체력을 회복하면 바로 싸우려는 태세였다.

네 사람을 후방에 남기고 카슈반은 전선으로 돌아갔다.

도중에 디네로와 한순간 시선이 마주치자, 카슈반은 디네로의 전신을 재빠르게 한번 훑어보고는 말했다.

"다쳤군. 알리시아를 데려와 줘서 고맙다. 너도 물러나 있어."

"싸울 수 있다. 무기를, 다오."

"그럼 저쪽에 있는 예비 무기 중 마음에 드는 걸 골라라. 곧 돌격할 거다."

알리시아를 안고 달려올 수 있었을 정도였다. 그럼 싸울 수도 있겠지. 그렇게 약간 비아냥거림을 섞어 말한 카슈반은 자신의 허리에 찬 검을 뽑았다.

"알리시아 님, 좀 더 이쪽으로 오십시오. ……아아, 그래도 무사하셔서 다행입니다. 카슈반 님도 이제부터는 푹 잠드실 수 있겠지요."

세이그람을 부축하면서 트레이스가 알리시아의 얼굴을 들여다보며 미소 지었다.

"예. 걱정 끼쳐서 미안해요, 트레이스. 그런데…… 이 싸움은 이길 수 있나요?"

"우리 쪽에는 궁병이 없습니다만, 적이 활을 다 쏠 때까지 버티기만 하면 머릿수는 저희가 더 많습니다. 괜찮습니다."

원래는 알리시아가 말했듯이 석궁을 든 적의 비율도 높았던 모양이었다. 그러나 시간이 지나자 적이 활을 쏘는 기세도 상당히 약해졌다. 곧 근접 전투가 이행되리라는 사실은 누구 눈에도 명확하게 보였다.

카슈반이 바로 돌격 명령을 내리려는 순간, 또다시 전황이 움직였다.

화살이 대상물에 박히는 둔한 소리가 정면이 아니라 대각선 앞쪽에서 들려왔다.

방패 각도가 안 좋았던 자, 돌격 명령이 나오리라 예측해 방패를 내렸던 자 등이 공중제비를 돌며 쓰러졌다. 카슈반의 명령에 따라 제다와 티르나드를 구할 타이밍을 재던 자들도 몸 여기저기에 화살을 맞고 쓰러졌다.

"말하기가 무섭게! 전선을 무너뜨리지 마라! 그랬다간 단숨에 밀린다!!"

혀를 찬 카슈반이 크게 외쳤다.

새로 나타난 것은 발로이의 양동 부대를 피해 온 듯한 병사 집단이었다. 그러나 수는 스무 명 전후에 불과했고 그나마도 매우 지쳐 보였다. 절묘한 타이밍에 기습했음에도 불구하고 카슈반 군의 전선을 무너뜨리지는 못했다.

하지만 그들의 목적은 처음부터 카슈반이 아니었다.

"티르나드 님!"

세이그람이 절규했다.

일제 사격을 이용해 카슈반 군의 발을 묶은 상태로 병사 중 절반은 제다와 티르나드에게 향했다.

얼굴을 굳힌 제다가 응전 태세를 취했지만 수적으로 열세였다. 아무리 '장난감 군대' 출신이라고 해도 피로로 한계에 달한 시점에서 열 명이나 되는 병사에게 둘러싸이자 잠시도 버티지 못했다.

티르나드를 업은 채 쓰러진 제다에게 병사 중 한 명이 칼을 휘둘렀다.

재빨리 옆으로 굴러 치명상을 피한 것까지는 좋았지만 대신 제다는 허벅지에 칼을 맞았다. 그들을 둘러싼 병사들이 제다를 걷어차 티르나드에게서 강제로 떼어냈다.

"제다, 도망쳐요!"

화톳불이 환하게 주변을 밝히는 가운데, 알리시아는 고통스러운 표정을 띠며 쓰러지는 제다를 보고 외쳤다.

제다의 목숨이 위험하다. 그렇게 생각해 외쳤지만, 적의 목적은 제다가 아니었다.

기습을 걸어온 병사들은 혼자 남은 티르나드의 주변을 빙 둘러쌌다.

"……우……, 윽, 여기는……?! 앗, 세이그람!"

지면에 떨어진 충격으로 정신이 들었는지, 눈을 뜬 티르나드가 세이그람을 발견하고 몸을 일으키려 했다.

그러나 다음 순간, 심상치 않은 주변 상황을 알아차리고 얼굴을 굳히며 정지했다.

"……유란!"

티르나드의 건너편, 죽 늘어선 적병 뒤쪽에 홀연히 하얀 그림자 하나가 나타났다. 이를 알아본 카슈반이 으르렁거렸다.

'날개의 기도' 교단의 하얀 법의로 몸을 감싼 유란, 그리고 레오니아였다.

어느새 전장은 물이라도 뿌린 듯이 조용해져 있었다.

화살이 다 떨어졌는지 처음에 교전하던 교단 측 병사는 공격을 해오지 않았다. 티르나드를 둘러싼 병사들도 어떤 자는 시위에 활을 메기고, 어떤 자는 검을 뽑았지만 원을 그린 채 움직이려 들지 않았다.

아군 병사도 공격하는 손을 멈추고 지시를 바라는지 카슈반의 얼굴을 쳐다보고 있었다. 그러나 카슈반은 벌레 씹은 얼굴을 한 채, 침묵하고 있었다.

병사들이 어느 정도 당하기는 했지만 그래도 머릿수는 아직 카슈반 군이 더 많았다. 도중에 달려온 '날개의 기도' 병사는 수도 많지 않았고, 기습으로 힘을 다 쓴 모양이었다. 이미 지면에 엎드린 자들도 있을 정도로 피로에 지쳐 있었다.

조만간 발로이도 달려오리라. 전투 그 자체는 문제없이 승리할 수 있었다. 그것은 알리시아도 쉽게 알 수 있었다.

그러나 티르나드는.

"티르나드 님! ……트레이스! 놔라!"

"안 됩니다, 당신까지 위험해져요!"

트레이스를 뿌리칠 기세로 마구 날뛰는 세이그람을 트레이스가 필사적으로 제지했다.

그 모습을 바라보며 유란은 장소에 어울리지 않는 부드러운 미소를 띠었다.

"아아, 당신이 세이그람 씨이군요. 처음 뵙겠습니다. 저는 '날개의 기도' 교단의 성직자로, 티르나드 도련님의 후견인 겸 교육 담당인 유란이라고 합니다."

길에서 스쳐 지나갈 때처럼 허물없이 인사를 건네는 유란의 눈에는 보는 사람 가슴에 싸한 감정을 느끼게 하는 무언가가 있었다.

"어이, 유란. 티르의 후견인은 나고, 교육 담당은 여기 있는 세이그람이다."

신중하게 칼을 겨눈 채 카슈반이 말하자 유란은 명랑하게 그 말을 일축했다.

"제가 있는데 무슨 말씀을 하십니까? 티르 도련님께는 저만 있으면 됩니다. 그렇죠? 도련님."

"……유란……."

유란의 부름에 티르나드는 비틀거리면서 몸을 일으켰다.

"유란, 나한테는 분명히 네가 필요했다……."

"그 말을 들으니 기쁩니다. 도련님."

"지금도…… 네가 돌아왔으면 좋겠다고 생각하고 있다……. 그러니까, 돌아와라, 유란."

티르나드는 더러워진 법의에 싸인 팔을 유란을 향해 뻗었다.

"나도 '날개의 기도' 신자다. 그러니까 너는 성직자인 채여도 상관없어. 하지만…… 지금 넌, 좀 이상해. 예전과 다르다고! 꼭 집어 말할 수는 없지만…… 하지만 그래도 괜찮으니까 돌아와…….”

약한 목소리로 호소해도 유란은 온화한 미소를 무너뜨리지 않았다.

“그러니까 돌아오지 않았습니까, 당신을 구하러 말입니다.”

“뭐가 구하러 온 거냐, 뻔뻔스럽게! 티르나드 님, 그런 꼴을 당하고도 왜 그런 말씀을 하십니까?!”

분노 때문에 날뛰며 고함을 지르는 세이그람을 트레이스는 비틀거리면서도 계속 지탱해주었다.

“세이그람의 말이 맞다, 티르. 그 녀석에게 설득은 통하지 않아. 비료불요초의 독을 맞아도 살아 있는 인간과 제대로 된 이야기가 통하지는 않을 거다.”

알리시아와 ‘장난감 군대’ 출신자에게도 들어맞는 말을 내뱉으며 카슈반은 냉혹한 눈으로 유란을 노려보았다.

“묻고 싶은 말은 많지만, 신의 개에게 질문을 던져도 소용없으니 말이다. 열세인지는 자신도 잘 알겠지? 유란, 이번에야말로 죽어줘야겠다.”

“예. 저도 죽어야 하겠지요.”

협박 문구에도 겁먹는 일 없이 유란은 옆에 있던 레오니아에게서 뭔가를 건네받았다.

각 부위에 날개의 문장이 새겨진 그것은 류크의 오른팔을 피로 물들였던 그 석궁이었다. 몸체 옆 부분에는 류크를 쐈을 때는 볼 수 없었던 비교적 크기가 작은 날개까지 달려 있었다. 그 석궁에는 화살 하나가 장전되어 있었다.

그것을 유란은 척, 똑바로 알리시아에게 향했다.

"……엇? 앗, 카슈반 님."

카슈반이 얼굴을 굳히며 알리시아를 자신의 등 뒤로 돌려 보호했다. 디네로도, 레네도 미끄러지듯이 다가와 좌우에서 알리시아를 지키는 위치에 섰다.

"위험해요, 카슈반 님."

남편의 앞으로 나서려는 알리시아의 머리를, 카슈반은 손을 뒤로해서 내리눌렀다. 그러면서 유란에게 낮게 물었다.

"무슨 짓이냐?"

"무슨 생각인지는 제가 묻고 싶군요, 라이센 공작. 백 보 양보해서 당신이 신을 믿지 않는다는 점은 이해할 수 있다고 칩시다. 그러나 당신의 더럽혀진 사상에 당신 아내나 피후견인까지도 전염되어 알게 모르게 악행을 거듭하고 있습니다. 이제는 태어날 때 약속되었던 날개로는 신에게 날아갈 수 없을 정도로 말입니다……."

여느 때처럼 실언하는 일도 없이, 유란은 교전을 읽듯이 줄줄 말을 늘어놓았다.

"아즈베르그 공작도 참 그렇더군요. 순순히 알리시아 님과 결혼해주시면 되었을 텐데…… 덕분에 성직자인 제가 구원의 활로 의식을 치르게 되었습니다. 재교육만 제대로 됐더라면 좋았을 텐데, 정말로 유감입니다……."

유란의 눈에서 눈물이 방울방울 흘러넘쳤다.

한 점 거짓 없는 눈물을 흘리면서 유란은 손에 든 무기를 갑자기 티르나드에게로 향했다.

"……이 자식, 역시 노리는 건 티르였나!"

디네로와 알리시아의 결혼 이야기가 튀어나오는 바람에 한순간 반응이 늦은 카슈반이 외쳤다. 티르나드도 흠칫 몸을 굳히며 물끄러미 유란을 바라보았다.

"유, 유란……."

"알리시아 님도 보내드리고 싶지만 역시 저는 당신의 후견인이니까요……. 아아, 그렇다고는 해도 줄곧 소중하게 지켜오던 티르 도련님을 설마 제 손으로 더 높은 나라에 보내드리게 될 줄은 몰랐습니다……."

혼잣말에 깃든 탄식은 진심이었다.

슬픈 듯이 말하는 한편으로 유란의 손은 석궁의 윈치를 계속 감고 있었다. 그 행위에는 신성한 의식을 완수하려는 강인한 의지가 담겨 있었다.

"티르나드 님!"

결국 세이그람은 트레이스의 손을 뿌리치는 데 성공했다. 그러나 병사 십여 명이 티르나드를 둘러싸고 있었다.

유란의 폭주를 제지한다고 해도 그들 손에 티르나드를 잃으면 의미가 없었다.

"그렇지만 여기서 당신을 더 높은 나라로 보내지 않는다면, 언젠가 당신은 물밑 왕국에 가라앉게 될 겁니다……. 후견인으로서 그런 일은 반드시 저지해야 합니다."

유란도, 그가 데려온 병사들도 이미 티르나드를 살려 보낼 생각은 없는 듯했다. 대신, 이 자리에서 티르나드를 더 높은 나라로 보내는 일이 자신들의 사명이라고 순수하게 믿는 눈을 하고 있었다.

"저도 바로 따라갈 테니 걱정하지 마십시오. 티르나드 레이덴 백작 각하. 당신이 나아가는 길에 날개가 함께 있기를—."

망자에게도 여행을 떠나는 자에게 보내는 것과 같은 구절을 인용한다. 상냥한 미소를 띤 채로 유란은 한계까지 시위를 당긴 석궁의 방아쇠를 당겼다.

짧은 사출음과 함께 피가 주변에 튀었다.

유란은 자못 놀란 얼굴로 한순간 주변을 돌아보았다.

"……유란……?!"

멍한 표정을 짓는 티르나드의 몸에 붉은 비가 쏟아졌다.

유란은 제대로 방아쇠를 당겼다. 그런데, 석궁에 장전된 화살은 발사되지 않은 채 그대로 있었다.

그러나 유란의 배에는 화살 하나가 깊게 박혀서 류크의 몇 배나 되는 피를 뿜어내고 있었다.

"유란 님?!"

"유란 님, 어, 어떻게 된 일입니까? 순서가 다르지 않습니까……?!"

티르나드를 둘러싼 병사와 그 밖에 교단 측 병사도 예상과 다른 사태에 수선을 떨기 시작했다.

"하늘의 심판이다……."

어찌할 바를 모르고 허둥대는 교단 측 인간들 사이에서 레오니아만이 냉정하게 중얼거렸다.

"온건파의 방식은…… 역시 신의 뜻에는 맞지 않아……."

예견자의 말과도 같은 한마디에 병사들이 동요했다. 설마, 그런, 역시. 그렇게 중얼거리는 목소리가 차례차례 어둠 속으로 흘러들어, 사라졌다.

"아셀님에게는…… 돌아가서 그렇게 보고하지……. 그럼…… 공주……."

알리시아 쪽을 향하며 레오니아가 가볍게 한 손을 들었다. 손 안에는 류크가 만든 알리시아의 목조 초상이 쥐어져 있었다. 그 것을 본 순간, 알리시아의 머릿속에서 뭔가가 딱 들어맞았다.

"이것도…… 레오니아 님의 발명품……? 당신은, 급진파신가요……?"

질문에 레오니아는 직접 대답하지는 않았다. 대신.

"가능하다면 류크는 죽이지 말아줬으면 한다."

처음으로 명료하게 말한 레오니아는 평상시 단정치 못한 모습에서는 상상도 할 수 없을 정도인 날렵한 몸짓으로 달려나갔다. 그에 맞춰 병사 몇 명이 눈빛을 주고받으며 뒤를 따랐다.

남은 병사는 레오니아를 따르려는 자, 이를 막으려는 자, 공황상태에 빠져 그저 소란을 피우는 자, 땅에 엎드려 가르침 구절을 암송하는 자 등으로 분열했다. 통제를 잃은 그들은 이미 싸울 수 있는 상태가 아니었다.

카슈반 역시 예상외의 사태에 놀라서 말을 잇고 있었다. 그러나 그 와중에도 레오니아를 추적하려는 아군 병사를 제지했다.

난데없는 유란의 죽음과 레오니아의 배신이라고도 볼 수 있는 행위에 직면하면서 제정신을 잃은 '날개의 기도' 병사들이 인간 벽을 만들었기 때문이다. 그들을 닥치는 대로 쓰러뜨리기는 어렵지 않았지만 레오니아는 이미 도주로를 준비해둔 모양이었다. 그 모습은 이미 숲의 어둠에 녹아들어 보이지 않았다.

"어—이, 카슈반. 무사하냐! 이쪽은 다 정리했다고!"

대신 다가온 자는 라그라드르인들을 이끄는 발로이였다. 혼란에 빠져 돌진해 온 '날개의 기도' 병사를 어렵지 않게 걷어차면서, 엉망진창이 된 전장을 둘러보고 재미있다는 듯이 휘파람을 불었다.

"이봐 이봐, 이건 대체 어떻게 된 일이야. 또 재미있는 축제에 초대해주셨구먼."

"……교단 내 세력 다툼에 휘말린 모양이다. 얘기는 나중에 하지. 우선 살아 있는 녀석들을 잡아줘."

허리에 찬 칼집에 검을 되돌리면서 씁쓸하게 말한 카슈반은 자기 부하에게도 명령했다.

"부상자의 치료를 서둘러라! 손이 빈 녀석은 발로이를 도와라!"

명령이 내려지기 무섭게 병사들이 움직이기 시작했고, 사태는 신속하게 수습되었다.

레네도 디네로도 가까운 곳에 있던 병사를 하나씩 잡아들였다. 제다를 포함해 부상자에게는 응급 치료가 행해졌다.

그런 가운데 알리시아는 움직여서, 엎드린 채 쓰러진 유란을 미동도 없이 바라보는 티르나드에게 다가갔다.

티르나드의 주위를 둘러싸던 '날개의 기도' 교단 병사들은 이미 포로가 되었다. 그러나 카슈반의 명령에 따라 티르나드를 구하러 온 병사들도 어떻게 해야 좋을지 모르는 모습으로 멀찍이서 바라보고 있을 뿐이었다.

유란은 아직 살아 있었다.

옆을 향한 입은 뻐끔뻐끔 움직이고 있었고, 어깨도 들썩이고 있었다.

그러나 넘어질 때 활이 더 깊이 박혀, 화살촉이 등 뒤로 튀어나온 상태였다. 하얀 법의는 새빨갛게 물들어서, 더 높은 나라로 여행을 떠나는 것도 시간문제였다.

"레이덴 백작님…… 저, 몸은 괜찮으세요……?"

알리시아의 부름에도 피투성이인 티르나드는 유란을 바라볼 뿐 얼굴을 들지 않았다.

세이그람이 트레이스의 손을 빌려 알리시아와 똑같이 다가와도 역시 반응하지 않았다.

"유란……."

티르나드가 부르자 유란은 목을 비틀 듯이 해서 그를 올려다보았다.

"티르 도련님…… 또 울고 계십니까……?"

흠칫 어깨를 떤 티르나드에게 유란은 무척이나 상냥하게 미소 지었다. 그 눈은 이미 이 세상이 아닌 다른 곳을 들여다보는 듯했다.

"가엾게도…… 걱정하지 않으셔도…… 저는 절대로, 당신에게서 떨어지거나 하지 않을 테니까요……."

"……그래. 너는 항상 내 곁에 있었다. 언제나 나를 위해줬다. 끝까지…… 정말로, 진심으로, 전부 다 나를 위한 일이라고 생각했다……."

가늘게 어깨를 떠는 티르나드의 뺨에 피로 더러워진 유란의 손가락이 가 닿았다.

티르나드는 그것을 거부하지 않고 유란이 하는 대로 놔두었다. 유란이 그런 티르나드를 바라보며 아귀가 맞지 않는 마지막 대화를 계속했다.

"아무도 없어도…… 전부 당신을 버려도…… 당신이 아무리 어리석은 짓을 해도…… 저만큼은…… 당신을 용서할 겁니다……."

"……나를 그저 '레이덴 가의 피를 이은 도련님'으로밖에 보지 않아도…… 바보가 되도록 나를 키웠어도…… 그래도."

"저는, 계속, 당신…… 곁…… 에."

검은 머리카락에 싸인 머리가 덜컥 기울어지고, 티르나드의 뺨을 감싸던 손가락이 붉은 자국을 남기며 떨어졌다.

그것을 본 티르나드는 아픈 몸을 열심히 일으켜 무릎을 꿇

고, 이제는 영원히 일어날 일이 없는 유란의 눈을 살며시 감겨주
었다.

"—이별이다. 지금까지 고마웠다, 유란. 나아가는 길에 날개
의 가호가 있기를."

자신도 눈을 감고 중얼거리는 목소리는 어떤 고위 성직자도
당해낼 수 없을 정도로 고상하고 엄숙하게 울렸다.

어느샌가 옆에 와 있던 카슈반도 아무 말 않고 묵묵히 티르나
드가 하는 양을 지켜보고 있었다.

"아버지와 어머니가 죽은 후로 다른 사람들은 전부 나를 비웃
었지만…… 너만큼은 나를 위해 울어주었다……. 거기 거짓은
없었다……."

다시 눈을 뜬 티르나드의 눈에서 참았던 눈물이 쏟아졌다. 뺨
에 묻은 피와 섞여 숲의 지면에 떨어지는 눈물방울은 붉은색으
로 물들어 있었다.

"……그러니까 용서하마. 나는 용서할 수 있어, 너를……."

"당신은 바보입니다."

그렇게 딱 잘라 말한 자는 트레이스의 손을 치운 세이그람이
었다.

"이런 꼴을 당하고도 용서한다고요? 울어준다고요? 물러터진
데도 정도가 있습니다! 뭣보다 당신을 이런 식으로 키운 자도 이
남자지만 말입니다!!"

구제할 도리가 없다고 세이그람은 언성을 높였지만, 티르나드
는 조용히 붉은 눈물을 흘릴 뿐이었다.

"그게, 보라고. 유란이 죽었는데도…… 살해당했는데도, 유란의 동료는 누구 하나 울지 않아……."

그 말을 들은 알리시아는 대부분이 구속된 '날개의 기도' 병사를 돌아보았다.

충격이 너무 크다. 원래부터 유란이 무서웠다. 류크처럼 먹고 살기 힘들어서 입교했을 뿐이다. 눈앞에서 천벌이 내려진 광경을 보고 마음이 떠났다. 이유는 가지가지였지만 분명히 유란의 죽음에 가슴 아파하는 사람은 보이지 않았다.

"……그러네요. 외톨이는 너무 가엾죠."

그런 말을 흘린 알리시아의 머리카락이 갑자기 불어온 바람에 흔들렸다.

"그렇지. 둘이 있어도 혼자 있는 거나 마찬가지인 관계도 있지만, 역시 외톨이는 싫어."

당연한 듯이 류크를 어깨에 들쳐 멘 루아크가 나타났다. 다친 후에도 고문을 당했으리라. 류크는 오른팔 이외에도 여기저기 상처를 입고 축 늘어져 있었지만, 생명에 지장은 없어 보였다.

알리시아와 루아크의 말에 티르나드도 고개를 끄덕였다.

"……그렇다니까. 그러니까 나 정도는 울어주지 않으면…… 유란이 불쌍해."

"그게 물러 터졌다는 겁니다!"

가차 없는 세이그람의 일갈에 트레이스가 깜짝 놀랐지만, 티르나드는 눈가를 훔치면서 반박했다.

"유란은 네 주인의 은인이다……. 그 녀석이 없었다면 난 지금까지 살아 있을 수 없었을지도 몰라. 너를 찌른 상대니까 좀 어렵기는 하겠지만, 유란을 용서해줘."

그렇게 말하며 일어나려는 티르나드를 카슈반이 받쳐주었다.

얌전히 그 손을 빌린 티르나드는 모른 척하는 세이그람에게 애원했다.

"너는 내 집사이자 교육 담당으로 앞으로도 곁에 있어 주겠지……. 부탁한다, 세이그람."

그래도 세이그람은 반응하지 않았다. 차가운 옆얼굴을 계속 바라보고 있기가 괴로워졌을까. 티르나드는 바닥에 누워 있는 유란의 유해로 시선을 떨어뜨렸다.

"그, 용서하지 않아도 되니까 말이야……. 성묘도 1년에 한 번 정도로 충분하니까……. 그게 싫다면 1년 반에 한 번이라도 좋으니까……."

"……나의 주인께 이만큼 피와 눈물을 흘리게 해놓은 남자를 용서하라고요? 잔인한 명령을 내리시는군요."

고개를 돌린 채 차갑게 내뱉은 세이그람은 갑자기 자리에 무릎을 꿇고 티르나드에게 머리를 숙였다.

"그러나 당신의 명령이라면 따르지요. 대신 저도 뻔뻔한 말을 하겠습니다. 지켜드리겠다는 약속을 지키지 못하고 염치도 없이 얼굴을 내민 것을 용서해주십시오, 티르나드 님."

원래 뻔뻔한 세이그람이지만 이 말만큼은 앞서 티르나드가 읊은 가르침 구절에 뒤지지 않을 정도로 엄숙한 울림을 갖고 있었다.

"그리고 다시금 이 목숨 끝나는 날까지 당신을 모실 것을 허락해주십시오."

"……응. 용서할게. 너는 살아서 구하러 오라는 약속은 지켰으니까."

조금은 어른스러운 얼굴로 기쁜 듯이 웃은 티르나드는 거기까지가 한계였던 모양이었다. 카슈반에게 기대듯이 의식을 잃었다.

[제5장] 사치는 멋진 것

옅은 안개가 낀 어둠 속에서 많은 불빛이 바쁘게 움직이고 있었다.

숲도 하늘도 하나로 뭉개버린 암흑이 주변을 감싸고 있었다. 그러나 미약한 불빛과 별빛이 하늘을 찌르듯이 솟은 날카로운 나무들의 윤곽을 흐릿하게나마 보여주고 있었다. 화려함은 결여되어 있지만 장엄하고 환상적인, 아즈베르그 지방에서만 볼 수 있는 풍경이었다.

"……아름답네요."

흔들리는 마차 안. 그렇게 중얼거린 알리시아의 목소리에 바로 옆에 있던 류크도 창문 반대편을 바라보았다.

"그렇구나. 아름답다. 좀 춥지만……."

솔직한 찬사를 입에 올린 후, 류크는 바로 재채기를 했다. 류크를 비롯해 제다, 티르나드와 세이그람 등, 중상을 입은 자들이 이 마차에 타고 있었다.

"괜찮아? 류크 씨. 당신도 다쳤으니까 좀 더 자고 있으라고. 그리고 알리시아에게서 좀 떨어져 주겠어?"

웃으면서 류크를 견제한 사람은 지루하다는 이유로 어느샌가 마차에 올라타 있던 루아크였다.

포로를 옮기거나 하는 등 마차가 부족해 디네로는 상처 입은 몸인데도 말로 이동하고 있었다. 그러나 알리시아에게는 말을 타고 가게 시킬 수는 없다며 카슈반이 이 마차에 태웠다. 그런데 주위에 남자들만 있다는 점이 염려되었는지 루아크가 종종 얼굴을 내밀러 오곤 했다.

류크도 자신을 구해줬을 때 루아크의 화려한 솜씨를 기억하고 있기 때문이리라.

'죄송합니다'라고 왠지 경어를 쓰면서 맥없이 마차 구석으로 이동했다.

알리시아는 그런 두 사람이 보이는 동향은 전혀 알아차리지 못한 채, 신비한 감동을 느끼면서 그저 눈에 익은 경치를 바라보고 있었다.

"돌아온 거예요, 나⋯⋯."

천천히 번져가는 소박한 기쁨이 자연스럽게 입을 뚫고 나왔다.

알리시아는 태어나고 자란 페이트린 지방을 무척 좋아했다. 불과 10일 전까지 머물렀던 레이덴 지방도 풍경이 아름답고 작물도 잘 자란다고 했다. 오델 지방도 영주가 좀 엄한 것만 제외하면 햇살도 풍부하고 기후도 온건해 살기 좋다고 들었다.

하지만 이제는 안개가 끼고, 질척거리는 지면에 마차 바퀴가 파묻힐 것 같은 이 아즈베르그 지방이 알리시아가 돌아올 곳이 되어 있었다.

그런 생각을 하는 사이, 또다시 마차가 멈췄다. 어머나, 또예요. 알리시아는 이렇게 생각했지만, 그와 동시에 '멈춰라!'라고 날카롭게 외치는 카슈반의 목소리가 들렸다.

"적의 습격인가요?"

누워 있던 세이그람이 일어나 검을 손에 쥐고 옆에 있던 티르나드를 감싸는 위치로 이동했다. 티르나드도 멍하니 눈을 떴다. 하지만 고열에 계속 시달리는 그의 의식은 절반 정도는 아직 꿈속에 머물러 있는 모양이었다. 눈은 바로 감겼다.

제다도 말없이 몸을 일으켜 주변을 살피고 있었다. 루아크의 모습이 사라진 이유는 바깥 상황을 보러 갔기 때문이리라.

알리시아도 한순간 불안함을 느꼈다. 그러나 이어서 들려온 목소리는 따뜻한 환영의 뜻으로 가득 차 있었다.

"아아, 영주님!"

"라이센 강공작 각하께서 돌아오셨다!!"

어둠 속에서 움직이던 불빛이 차례로 모여들었다.

어둠 속에서 모습을 나타낸 이들은 횃불을 손에 든 무장한 젊은이 무리였다. 아마도 자경단원들이리라. 한밤중에 귀환했음에도 불구하고, 카슈반 일행이 귀환한다는 전갈을 듣고 마중을 나왔겠지.

"마중 나오느라 수고했다. ……어떻게든 수습이 된 모양이군."

알리시아가 마차에서 몸을 내밀어 바깥을 바라보고 있으려니, 줄곧 엄격하게 굳었던 카슈반의 얼굴이 아주 조금이지만 부드러워졌다.

알리시아도 대략적으로밖에 듣지 못했지만, 카슈반이 영지를 떠나고 자신과 디네로가 납치된 후, 아즈베르그 지방에서는 폭동이 일어났다고 한다. '날개의 기도' 교단이 부추겨서 아즈베르그 공작이야말로 영주에 걸맞다고 주장하던 일부 과격파가 들고 일어났다고 한다.

덕분에 돌아오는 길에도 카슈반은 바쁘게 전령을 보내는 등 계속 일을 했다.

레이덴 지방에서 '날개의 기도' 교단이 일으킨 소동도 아직 완전히 정리되지 않았다. 발로이는 부상자를 뺀 자기 용병단원을 이끌고 소동을 진압하고 있었다. 레네는 아무래도 멋대로 단장을 쫓아간 모양이었다.

"주인님!"

"리드렉."

젊은이에 섞여 한 손에 횃불을 들고 다가온 사람은 리드렉이었다. 치수가 맞는 옷이 없었기에 아직도 법의를 입었던 디네로는 말에서 내려 가령을 맞이했다.

"……무사, 하셨군요."

"너도 말이다. 걱정을, 끼쳐서, 미안하다."

"아닙니다. 그렇지 않습니다."

짧은 말에 깊은 마음을 담아 서로의 무사함을 확인하는 두 사람에게 카슈반이 다가갔다. 그 사실을 알아차린 리드렉이 깊이 머리를 숙여 사죄했다.

"죄송합니다. 이미 들어 알고 계시리라 생각하지만, 주인님을 위한다고 주제넘게 어리석은 행동에 나선 자들이 있었습니다. 맹세코 저희가 관여한 일이 아닙니다. 하오나 본의 아니게 폐를 끼치게 된 점, 깊이 사죄드립니다."

"알고 있다. 나도 너와 디네로가 사주했다고는 생각하지 않아. 다만……."

한숨을 쉰 카슈반은 조용히 단언했다.

"확실히 선을 그을 필요는 있지."

밤의 어둠을 물리치기라도 하듯이 수많은 횃불이 광장을 비추었다.

영주 직속 병사와 혈기 왕성한 자경단원에게 이끌려 카슈반 일행이 도착한 곳은 여름의 끝에 풍작 기원제가 열렸던 곳이었다. 그때 세웠던 나무 기둥은 아직 남아 있지만 각자 취향을 강하게 드러냈던 장식물은 이미 다 걷혀 있었다. 밤의 어둠 속에 나무 기둥만 덩그러니 늘어서 있는 모습은 상당히 기분 나빴다.

"이건 또 이것대로 좋은걸요."

밤하늘을 올려다보며 알리시아는 느긋한 소리를 했지만, 시선을 내리니 그곳에는 생생한 현실이 기다리고 있었다.

흙이 그대로 드러난 광장 바닥에 수십 명이나 되는 사람이 포박된 채 뒹굴고 있었다. 빨리도 겨울의 한기를 머금은 가을바람이 그들의 흐트러진 머리카락이나 상처 입은 피부를 쓰다듬고 지나갔다.

디네로야말로 아즈베르그 지방 영주에 걸맞다.

이를 명분으로 내세우며 폭동을 일으켰다가 잡힌 자들이었다. 그들을 바라보는 카슈반의 눈은 차가웠다.

"……어머, 저분은……."

살며시 마차에서 내린 알리시아는 이전에 영주 저택에서 습격을 받았을 때, 디네로를 따르던 병사의 모습을 발견했다.

상대도 알리시아를 알아차리고 대부분 겸연쩍어하며 눈을 내리깔았다. 그러나 그중 한 사람만큼은 큰소리로 외쳤다.

"알리시아 페이트린 님! 당신은 아즈베르그 공작의 신부가 돼야 했을 분입니다!!"

카슈반과의 결혼 자체를 인정하지 않는다는 의지의 표명이리라. 젊은 병사는 알리시아를 처녀 때 성으로 불렀다. 그자의 머리를 즉시 카슈반이 짓밟았다.

큭 소리를 내며 신음하는 젊은이를 한쪽 발로 내리누른 채, 카슈반은 허리의 검을 뽑았다. 술렁이는 주변 사람에게는 아랑곳하지 않고 그는 칼끝을 젊은이의 목덜미에 갖다 댔다.

"알리시아, 마차로 돌아가라."

"어, 하지만……."

"이제부터 일어나는 일은 네게 보이고 싶지 않다. 춥잖아? 마차로 돌아가서 부상자 간병이라도 하고 있어."

트레이스도 알리시아의 어깨에 털 달린 겉옷을 걸쳐주며 조심스럽게 말을 걸었다.

"알리시아 님, 돌아가시죠. 뭣하면 제가 가까운 쪽 저택으로 모실까요?"

알리시아도 알고 있었다. 영지를 떠난 사이에 반란을 일으킨 자를 용서하면 영민뿐만 아니라, 다른 영주에게까지 얕보이게 된다. 엄벌을 내림이 당연했다.

"하지만…… 앗, 디네로 님."

어느샌가 알리시아의 바로 옆에 디네로가 서서 색이 옅은 눈동자로 카슈반을 물끄러미 내려다보고 있었다.

"라이센. 그 녀석을, 용서해줘라."

"그럴 수는 없다. 왜냐면 이 녀석들이 내가 영주라는 현실을 용납하지 못하고 있기 때문이다."

손에 든 검을 젊은 병사의 목에 갖다 댄 채 카슈반은 재빠르게 말을 받았다.

"세상에는 용서해도 될 일과 용서해서는 안 되는 일이 있다. 그것을 구별하기는 어려운 일이지만, 이 땅을 통치하는 자로서 이 녀석들이 저지른 짓은 절대로 인정할 수 없다. ……상세한 피해는 보고서를 봐야 알겠지만, 이번 소요로 목숨을 잃은 사람도 많이 있어."

"그건, 안다. 그러니까."

등 뒤로 물러선 리드렉에게 잠시 시선을 주고 나서, 디네로는 말을 계속했다.

"그 녀석들은, 죽이지 마. 내, 가문을, 죽여라."

카슈반이 눈을 크게 떴다. 알리시아도 깜짝 놀라 디네로를 올려다보는 바람에 목뼈가 어긋나는 것 같았다.

"디네로 님, 무슨 말씀을!"

"그만두십시오, 그런……!"

디네로를 따르는 자들이 시끄럽게 떠들기 시작했다. 하지만 디네로 자신은 여느 때와 다름없는 일정한 어조로 담담하게 말을 계속했다.

"아즈베르그 가가, 아직, 있으니, 이런 일이, 벌어지는 거다."

벼락출세한 악명 높은 영주가 권세를 휘두를수록, 몰락한 영주 가의 부흥을 바라는 목소리도 커진다.

강압적인 방식으로 영지를 통치해온 카슈반의 책임이기도 했지만, 결국 영민 사이에 싸움이 벌어져 버렸다. 그런 싸움은 누구의 행복에도 기여하지 않는다.

"나는, 결혼하지, 않겠다. 아이도, 만들지 않겠다."

명문가 당주에게서 나온 말이라고는 믿을 수 없는 선언이 차례로 디네로의 입에서 터져 나왔다. 그리고 마지막에 그는 결정적인 말을 역시 담담한 어조로 늘어놓았다.

"아즈베르그 가는, 나를 끝으로, 끝난다. 리드렉과도, 이전부터, 이야기했던 일이다."

소리가 되지 못한 충격이 광장을 감쌌다.

카슈반도 믿을 수 없다는 얼굴을 하고 디네로를 바라보았다. 그러나 디네로의 표정은 여느 때와 조금도 다르지 않았다.

"디네로 님…… 그런, 리드렉도…….."

알리시아가 저도 모르게 리드렉을 돌아보았다. 나이 든 하인은 말없이 알리시아를 바라보았다.

디네로와 나란히 선 알리시아를 보고 뭔가를 생각했으리라. 주름에 둘러싸인 눈이 살짝 가늘어졌다. 그러나 예의바르게 인사를 하고 난 후에는 완벽하게 무표정한 얼굴로 돌아왔다.

"이 남자는, 자신의 친아버지를 죽이고 영주의 자리를 빼앗은 인간입니다!"

카슈반에게 아직도 짓밟혔던 젊은이가 비명과도 같은 소리를 냈다.

"디네로 님, 경솔한 행동을 하지 마십시오! 사신 공주나 레이덴 백작만이 아니라 당신까지 회유되셨습니까?! 아즈베르그 가야말로 진정한 영주의 가문, 제발 부탁입니다……!"

"선대 영주의, 시대, 아즈베르그 가의, 인간은, 아무것도, 하지 않았다."

매달리는 목소리를 디네로는 담담하게 가로막았다.

"아무도, 그 무엇도, 하지 않았다. 하지만 라이센은, 했다."

수많은 여자가 카슈반의 아버지, 레디오르 하르바스트에게 끌려가서, 피지 않는 장미의 비료가 되어 묻힌 아즈베르그의 암흑시대.

당시 디네로가 아즈베르그 가 당주로서 뭔가 할 수 있는 권한을 갖고 있었는지 아닌지는 알리시아가 알지 못했다. 아무것도 하지 않았다는 생각은 들지 않았다. 그러나 아들에게 '괴물'이라고 불린 레디오르의 광기를 막을 수는 없었으리라.

"라그라드르인과, 사이가 좋아진 것도, 라이센의, 공적이다."

특별히 사이가 좋은 건 아니다. 카슈반은 그렇게 말하고 싶은 얼굴을 했지만, 참견하지 않았다. 그저 디네로의 말에 귀를 기울이고 있었다.

"라이센이, 그렇게까지, 영주로서 걸맞지 않았다면, 이 폭동은, 성공, 했을 거다."

어떤 의미로 가장 아픈 곳을 찌르는 말에 디네로 파 젊은이들은 침통한 표정을 지었다.

그 말처럼 카슈반이 그렇게까지 영주에 걸맞지 않다면, 이미 한참 전에 영주 자리에서 끌어내려겠지. 혹은 디네로를 두둔하는 기세가 그 정도까지 높아졌다면 역시 마찬가지로 카슈반은 영주의 자리를 빼앗기고 말았으리라.

카슈반 자신은 영민에 관해 보수적이고 무사안일주의자들뿐이라고 평가하며 빈정거릴지도 몰랐다. 그러나 이미 카슈반은 영민에게서 신뢰를 얻고 있었다. 영지에서 떨어진 곳에 있는 영주를 믿고 영지 내 분쟁을 멈추기 위해 싸워줄 정도로.

"거기다, 라이센은, 아버지를 죽이고, 아무것도, 느끼지 않는, 그런 녀석이, 아니다."

말을 매듭짓는 한마디를 듣고 카슈반은 잠자코 디네로를 바라보았다.

그러기를 잠시. 카슈반은 후우 커다랗게 숨을 내쉰 뒤, 아무 말도 할 수 없게 돼버린 발밑의 병사를 밟았던 발을 치웠다…….

"—그래도 좋은 거냐? 리드렉도 그렇고."

그 질문에 리드렉이 고개를 끄덕였다. 카슈반 발밑에 깔린 젊은이가 다시 외쳤다.

"좋지 않습니다! 디네로 님, 다시 생각을…… 우왓!"

"닥쳐라. 디네로가 이런 결심을 하도록 만든 사람이 누구라고 생각하는가."

부츠 끝으로 발밑의 머리를 걷어찬 카슈반은 자신보다 머리가 반 개는 더 큰 디네로를 힐끗 올려다보았다.

"이 녀석의 기분을 안다면 나를 따르도록 해라. 내 방식에 불만이 있다면 '날개의 기도' 따위에게 매달리지 말고 직접 나한테 와서 말해. 얘기라면 우선 들어는 주겠다."

불만스러운 기운이 아직도 흐르고 있었다. 하지만 이제 더는 누구도 불만을 명확하게 입 밖에 내지 않았다.

"디네로 님은…… 나, '날개의 기도' 교단에, 들어갈, 생각이신가요……?"

다른 젊은이가 머뭇머뭇 말을 걸었다. 디네로가 법의 차림이라는 점과 교단에 들어갈 때는 가문의 이름을 버리는 관습에서 그런 연상을 했으리라.

"그것도, 생각했다. 하지만, 지금 '날개의 기도'는, 글렀다."

경건한 신자이기도 한 디네로이기에 이번 소동을 통해 생각하게 된 바가 있는 듯했다. 대답하는 목소리에 약간 괴로운 기색이 섞여 있었다.

"혼자서, 기도는, 계속할 거다. 신과, 성녀와, 백성을, 위해."

"혼자가 아니랍니다. 디네로 님."

목이 아픈데도 개의치 않고 알리시아는 거의 수직으로 디네로를 올려다보며 미소를 지었다.

"저도, 카슈반 님도, 영민 여러분도…… 전부 다 있는 걸요. 카슈반 님은 기도를 별로 좋아하지 않으시지만, 그 몫만큼 디네로 님이 기도해주시면 돼요."

디네로가 입꼬리를 희미하게 끌어 올리며 손을 뻗어 알리시아의 머리를 만졌다. 그 광경을 본 카슈반이 살짝 눈썹을 찡그렸다.

"사신 공주, 알리시아 라이센."

새삼스럽게 디네로가 이름을 부르자 땅에 엎드렸던 친 디네로파뿐만이 아니라 라이센의 수하도 술렁거리기 시작했다.

"역시 저분이 사신 공주인가?"

"세 번째 눈은 어디 있지? 뒤통수에 달렸나? 뿔도?"

"산보다 덩치가 크다고 들었는데……. 설마 몸의 크기를 자유자재로 바꿀 수 있을까?"

"본성을 나타낼 때는 달과도 같다는 미인으로 변할 거야. 그럼 저 모습은 영주님의 취향에 맞춰서……?"

"법의를 입은 건, '날개의 기도' 교단에 대한 야유겠군."

사신 공주에 관한 유언비어는 살이 너무 붙어서 이제 원형조차 알 수 없는 지경이 되었다. 게다가 카슈반이 아내를 영민들에게 너무 내보이지 않았기 때문에, 알리시아 본인을 눈앞에 두고서도 소문의 당사자라고 좀처럼 믿지 못하는 듯했다.

"사신 공주를, 아내로 맞이해도, 죽지 않은, '강'공작, 카슈반 라이센."

그렇게 말을 이으며 디네로는 아직도 눈썹을 찡그린 카슈반의 어깨에도 손을 올려놓았다.

"아즈베르그의 땅은, 알리시아의, 남편이자, 레이덴 백작의, 후견인이며, 디네로 아즈베르그가 인정한, 카슈반 라이센이, 통치한다."

하얀 법의에 싸인 양팔로 라이센 부부를 가리키며 디네로가 신탁을 받은 성자와도 같이 고했다. 그 말에 주위가 갑자기 쥐 죽은 듯이 조용해졌다.

포박된 젊은이 중 몇 명인가가 흐느껴 울기 시작했다. 그러나 디네로가 한 말에 반대하는 목소리는 나오지 않았다.

포박된 젊은이들은 병사들에게 이끌려 이동했다.

그 자리에서 목이 떨어지지는 않았으나 반란군을 무죄 방면할 수는 없었다. 정식 재판은 조만간 열리겠지만, 시각이 시각이었다. 일단은 일의 전말을 기록하기 위해서라도 어느샌가 이런 종류의 일 처리에도 익숙해진 트레이스가 세세한 지시를 내렸다.

"변함없이 멋지게 물러서는걸, 디네로 님."

티르나드를 비롯한 부상자를 태운 마차를 배웅한 후, 이제는 인적도 드물어진 광장에 모습을 드러내고 디네로에게 말을 건 자는 루아크였다. 무슨 일이 있으면 바로 튀어나올 생각이었는지 얼굴을 가리는 두건을 쓰고 있었다.

"……나중에 가서 역시 싫다고 말하기 없다, 디네로. 그리고 네 이름은 아직 좀 써먹어야겠어."

점차 인적이 드물어지는 광장의 광경을 바라보면서 카슈반은 나직하게 말했다.

"너야말로, 이제는, 뒤로, 물러설 수 없다."

카슈반의 옆얼굴을 바라보며, 디네로는 조용히 말을 받았다.

"더는, 단순한, 폭군으로, 남을 수는 없다. 너는, 앞을, 내다봐야 해."

언급하지 않으려던 내용을 디네로가 입에 올렸다. 그 말에 카슈반이 미간에 주름을 잡는데, 리드렉이 카슈반에게 깊게 머리 숙여 인사했다.

"황송하오나, 라이센 강공작 각하. 당신께서는 지위를 아이에게는 물려주지 않겠다, 당대에 한정하겠다는 어리광과도 같은 말씀을 하셨다고 들었습니다."

예의 바르면서도 채찍질을 하는 듯한 따가운 진언에도 카슈반은 잠자코 귀를 기울였다.

"아즈베르그 가를 밟고 올라서서 손에 넣은 지위를 그저 1대에서 끝내버린다면 신조차 업신여기는 행위. 이 땅의 항구적인 번영을 위해서라도 다음 세대를 생각해주셨으면 합니다."

"……알고 있어."

아즈베르그 주종의 협박인지 격려인지 모를 말에 카슈반은 고개를 끄덕이며, 힐끗 알리시아를 쳐다보았다.

키가 큰 두 사람과 바로 옆에 서서 이야기하기 어려웠기에 알리시아는 조금 떨어진 곳에 서 있었다. 카슈반의 시선에 내심 두

근거리는 가슴을 안고 알리시아는 디네로에게 질문했다.

"……하지만 정말로 괜찮으신가요? 디네로 님. 아즈베르그가를 끝내버리시겠다니……."

아까는 알리시아 나름대로 분위기를 읽고 그렇게 말했지만, 같은 지방백으로서 집안의 이름에 대해 갖는 미련은 잘 알고 있었다.

카슈반에게 이 땅의 통치를 맡긴다는 최후의 선언만으로 충분하지 않았을까. 그렇게 생각했지만, 디네로의 대답은 변하지 않았다.

"나는, 백성의, 행복을, 바란다."

결의를 바꿀 생각은 없다는 점을 표명한 뒤, 디네로는 앞으로 걸어 나온 알리시아에게 다가가 뺨에 살며시 손을 갖다 댔다.

"하지만, 아깝다는 마음은, 있다."

옅은 눈동자 속에 담긴 희미한 불꽃.

'어이쿠.'라고 작은 소리를 흘리는 루아크의 옆에 선 카슈반의 뺨이 경련을 일으키고 있었다.

"조금만 더 있었다면, 네, 남편이, 될 수 있었는데."

냉담하게 손을 떨쳐버리기도 미안해서 알리시아는 머뭇머뭇 뺨을 감싼 디네로의 손을 살며시 떼어냈다.

디네로도 그 손길에 딱히 저항하지 않았다. 대신 이런 질문을 했다.

"그러나, 너는, 라이센을, 좋아한다. 남편으로서, 남자로서, 그를, 선택한, 것이겠지."

선택한다.

또다시 '특별'함에 관한 이야기.

디네로는 침묵해버린 알리시아에게서 주먹을 꽉 쥐고 선 카슈반에게로 시선을 옮겼다.

"라이센도, 알리시아를, 아내로서, 여자로서, 고른, 것이겠지."

"……나는 그랬다."

부정하지 않는 카슈반의 대답을 듣고, 알리시아는 또다시 찾아온 '배가 아픈' 감각에 혼란스러워지기 시작했다.

"사치를 부려서는, 안 돼요……."

숙부 헤이스딤이 말하는 대로 처음에는 브라이언에게 시집갔다. 그리고 또다시 숙부의 말에 따라 카슈반과 결혼했다.

―카슈반이 앞으로 목숨을 잃는다면 알리시아에게 붙은 사신 공주의 악명은 결정타가 되겠지. 그렇게 되면 알리시아를 원하는 자는 아무도 남지 않겠지만, 만에 하나 무척 특이한 누군가가 나타나 자신을 원한다면 또다시 재혼하게 되리라.

그렇게 해야만 한다. 지금까지 줄곧 그렇게 살아왔으므로.

"저는…… 선택하지…… 못해…… 요. 언제나…… 선택받아…… 왔으니까요."

그 말만 놓고 본다면 매우 오만하게도 들리는 말을 흘리는 아내의 머리를 카슈반이 전부 용서한 눈으로 쓰다듬어주었다.

"……됐어, 알리시아. 생각하지 않아도 된다. 달관했다고 생각하면 또 묘하게 현실적이고, 위험할 정도로 단순하고 생각 없는…… 그런 점이 네 매력이니까."

황갈색 머리카락을 상냥하게 쓰다듬고 나서 카슈반은 디네로를 바라보았다.

"디네로. 들은 대로 알리시아는 사치를 부리는 일에 익숙하지 않다. ……그렇기에 사치스러운 소리도 하지 않고 나 같은 남자를 받아들여 주고, 용서하고…… 아내로서, 곁에 있어 주는 거다."

나는 신에게 무언가를 한 적이 없다. 그러니 신도 나에게 아무것도 해주지 않아도 된다.

그렇게 말했을 때와 똑같은 어조로 카슈반이 말했다. 그러자 디네로가 갑자기 발길을 돌렸다.

"라이센이, 불쌍하군. 나도, 불쌍하고."

리드렉도 가볍게 인사를 한 뒤, 걷기 시작한 주인의 등 뒤를 쫓아 자리를 떠났다.

"내게는, 입맞춤도, 허락하지, 않았으면서."

혼자 그렇게 중얼거리고는 아즈베르그 주종은 어둠 저편으로 사라져갔다.

"……디네로에게 키스 당할 뻔했나?"

아— 아, 하는 얼굴을 하는 루아크와 대조적으로, 그렇게 묻는 카슈반은 떠나가는 디네로와 좋은 상대가 될 정도로 무표정했다.

"어…… 앗, 아, 에, 예에."

거의 잊어버렸던 일을 떠올린 알리시아가 고개를 숙였다. 그런 아내를 카슈반은 떫은 얼굴로 바라보고 있었다.

"……나 혼자만 질투하고 있군……."

스스로 진절머리가 난다는 듯이 내뱉고는, 카슈반은 더 싫은 일이 떠올랐다는 표정을 지었다.

"아아, 젠장. 또 오델 후작 부인에게 놀림 받게 생겼군."

에르티나는 알리시아만이 아니라, 카슈반에게도 때때로 서신을 보내오곤 했다.

질투.

"─질투?"

두 단어가 머릿속에서 조합되어, 언젠가 느껴본 적이 있는 수수께끼 같은 감각을 불러일으켰다. 가슴 깊은 곳에서 '꿈틀대는' 감각이 느껴져 마음이 불편해지는 그것.

카슈반은 알리시아가 단순히 낯선 단어를 듣고 되물었을 뿐이라고 생각했던 모양이다. 약간 부아가 치민다는 얼굴을 했다.

"아마도 너와는 영원히 연이 없는 감정이다. 좋아하는 상대가 다른 누군가와 함께 있으면 속에서 울컥 치밀어 오르는 감정을 말한다."

짜증 섞인 목소리로 내뱉는 순간, 알리시아는 반사적으로 이렇게 말을 이었다

"그거라면 저도 얼마 전에 에르티나 님께."

카슈반이 놀라서 움직임을 멈추었다.

루아크도 똑같이 움직임을 멈추었다. 그러더니 루아크는 희미하게 웃으며 소리도 없이 트레이스의 곁으로 이동했다. 트레이스는 카슈반에게 지시를 받으려고 가까이 다가오고 있었다. 그 트레이스를 붙잡고 루아크가 뭔가 귓속말을 하자 그는 당황해서 발을 멈추었다.

불빛이 비추고 있는 어둠 속, 달랑 두 사람만 남았다는 사실을 알아차리지 못하고 알리시아는 빨갛게 피가 오른뺨에 손을 갖다 댔다.

"앗…… 옛, 그게, 아, 아니, 예요."

질투에 미친 인간의 이야기는 알리시아가 좋아하는 공포 소설에도 잔뜩 나온다. 젊은 애인에게 배신당한 후, 피도 얼어붙을 정도로 냉혹한 고문을 하는 남작 부인. 주군의 총애를 받은 동료를 시기해서, 동료가 모반을 일으킬 준비를 하고 있다고 소문을 퍼뜨린 기사.

카슈반에게 배울 것도 없이, 알리시아도 질투의 정의 정도는 알고 있었다. 자신이 얻을 수 없는 행복을 타인이 손에 넣었다고 생각했을 때, 느끼는 감정이라는 점도.

하지만 알리시아는 돈에 팔려온 신부. 카슈반의 애정을 독차지할 권리가 있을 리 없었다.

"그런, 질투라니, 그런 사치스러운 일을, 저는, 아, 아닙니다. 죄송합니…… 앗!"

표정을 감추기 위해 들어 올린 알라시아의 손을 카슈반이 붙잡았다. 카슈반은 알리시아의 얼굴을 들여다보았다.

진지한 눈과 눈이 부딪치는 순간, 죽을 만큼 창피해진 알리시아는 필사적으로 아래를 내려다보았다.

"죄, 죄송합니다. 저, 사치스러운 소리, 하면 안 돼요. 죄송합니다. 죄송합니다."

"다시 한번 말해봐라."

"……네? 아, 예. 죄송합니다."

"그게 아니야. 사과하란 말이 아니다. 조금 전에…… 오델 후작 부인과 관련된 얘기다."

오델 후작 부인이라고 듣는 순간, 에르티나가 요염한 미소를 지으며 카슈반의 팔에 매달리던 모습이 재생되었다.

가슴 깊은 곳에서 뭔가가 '꿈틀'거렸다. 그런 한편으로 카슈반의 얼굴이 가까이 다가오자 '배가 아파'와서, 알리시아는 뭐가 뭔지 모르게 되었다.

"왜, 왜…… 그런, 일을."

"무슨 일이 있어도 듣고 싶다. 괜찮으니까 다시 한번 말해. 나와 오델 후작 부인이 함께 있을 때, 너는 어떻게 생각했지?"

양손으로 뺨을 감싸 쥐고 키스라도 할 듯한 가까운 거리에서 압박하자 이제는 포기할 수밖에 없었다.

눈을 감지도 못하고, 알리시아는 진지한 검은 눈동자를 마주 바라보며 참회했다.

"죄송합니다……. 저……, 에르티나 님이, 카슈반 님과…… 함께 계신 걸 보니까…… 이 부분이 꿈틀거리면서…… 시…… 싫다고…… 생각…… 했어요……."

부끄러웠다. 무서웠다.

바보 같은 소리를 한다는 말을 들으면 곤란해. 이제 필요 없다는 말을 들으면 어떡하지?

"저는…… 카슈반 님의 것…… 이지만요. 카슈반 님은, 제…… 것이…… 아닌, 데도…… 정말로, 죄송합니다……."

울 것 같은 얼굴로 호소한 알리시아의 시야가 검은 것으로 가려졌다.

이런저런 소리를 늘어놓는 사이, 카슈반에게 끌어안겼다. 귓가에서 카슈반이 속삭이는 소리가 들렸다.

"네가, 질투해줄 줄은 생각도 못 했다……."

자신의 깊은 죄를 부끄러워하는 마음과 그것을 상회하는 환희가 목소리를 떨리게 했다.

"스스로도 최악이라고 생각하지만…… 기뻐서, 참을 수가 없다."

"……카슈반…… 님."

새빨개진 뺨을 차가운 바람이 쓰다듬고 지나가는 감각이 기분 좋았다.

겨울이 가까워진 아즈베르그 지방의 밤의 추위조차 신경 쓰이지 않을 정도로 몸은 뜨거웠다. 그런데도 좀 더 카슈반의 체온을 느끼고 싶어서 알리시아는 자신도 남편의 등에 손을 둘렀다.

의식을 회복한 티르나드를 포함해 알리시아 일행이 여느 때

지내던 기괴한 저택으로 돌아올 수 있던 때는 아즈베르그 지방에 귀환하고 나서 5일째 되는 날이었다.

"마님! 카슈반 님! 트레이스도 루아크도 전부 무사하시죠!!"

1층 홀에 들어서기가 무섭게, 빨간 머리와 풍성한 가슴을 흔들며 달려온 자는 하녀 복을 입은 노라였다. 카슈반보다도 먼저 알리시아를 불렀다는 사실은 알아차리지 못할 정도로 노라는 안도한 얼굴을 하고 있었다.

"노라, 노라! 다행이에요, 무사했군요! 다시 만나게 돼서 기뻐요!!"

노라 이상으로 기뻐하는 알리시아의 드레스가 묘하게 몸에 맞지 않고 헐렁헐렁하다는 사실을, 재봉사로도 유능한 노라는 바로 알아차렸다.

"잠깐만요, 마님. 이 옷은 대체 뭔가요?! 가슴이 남아도는 건 둘째 치고, 요즘 그렇게 소매가 풍성한 드레스는 아무도 안 입는답니다?!"

"아, 미안해요. 음 그게요, 요전까지 입었던 옷은 피투성이가 됐고, 그 뒤에 입은 옷은 법의여서 말이에요. 벗는 편이 좋을 것 같아서요. 하지만 저쪽 저택에는 드레스가 이것밖에 없었어요. 하녀 복은 카슈반 님이 절대로 안 된다고 하시고요."

"아아, 진짜 변함없이 화가 나네요! 뭐가 뭔지는 잘 모르겠지만, 그렇게 보기 흉한 복장으로 제 앞에서 알짱거리지 말아 주세요!"

마님 전속 하녀의 자존심이 자극당해서일까, 노라가 빨리도 아우성치기 시작했다. 그런 노라에게 사람 그림자 하나가 슥 다가갔다.

"어머? 누구시죠?"

"에헤헤. 너 대단한 미인이구나! 나는 류크! 알리시아의 드레스에 대해서는 동감이야. 나랑 마음이 맞을 것 같은데!! 다음에 네 그림을 그릴 수 있게 해줘, 잘 부탁해!"

자타 공인 미인 하녀의 얼굴과 가슴을 무람없이 바라보며 자기소개를 한 자는 류크였다.

오른팔에는 아직 붕대가 감겨 있어 매우 애처로워 보였지만, 그 밖의 부분은 완전히 회복되어 있었다. 류크도 법의를 벗고 소박한 겉옷에 바지 차림이었기에 언뜻 보기에는 어디에나 있는 농민으로 보였다.

"……발로이 용병단 인간인가요?"

경박한 느낌이 딱 그쪽 부류네요. 그렇게 말하고 싶은 듯이 노라가 싫어하는 얼굴을 했다. 노라에게 알리시아는 처음부터 설명하려 했다.

"아니에요. 류크는 '날개의 기도' 교단 사람이랍니다."

"'날개의 기도'?!"

흠칫 놀라서 몸을 빼는 노라에게, 카슈반이 옆에서 대략적인 설명을 덧붙였다.

"지금은 단순한 그림쟁이다. 손이 어디까지 나을지는 잘 모르겠지만. 여러모로 흥미로운 정보를 갖고 있어서 잠깐 이곳에 놓아두기로 했다. 나중에는 어찌될지 모르지만."

"아— 너무하세요, 카슈반 님. 저, 꽤 도움이 된다고요! 손도 지금은 여기까지밖에 올라가지 않지만, 생각보다 손가락도 잘 움직인다고요! 그리고 오른손을 못 쓰더라도, 왼손도 있고 입도 있으니까요! 왠지 저 말이죠, 오른손이 제대로 안 움직이는 지금, 오히려 그림을 그리고 싶어서 참을 수가 없어요!!"

완전히 라이센 가 전속 화가라도 된 듯이 구는 류크에게, 카슈반은 '그럼 손이 나으면 그리기 싫어지겠군'이라고 차갑게 말했다. 라이센 저택에 돌아오는 도중, 어느 정도까지 몸이 회복된 류크가 '와아, 당신이 강공작이라는 창피한 작위를 당당하게 칭하는 분입니까?! 아즈베르그 공작보다는 좀 못하지만 멋지네요! 맡겨주십시오! 초상화는 50% 더 미형으로 그려드릴 자신이 있습니다!!'라고 첫인사를 한 순간부터 줄곧 이런 태도였다.

너무 기어오르는 류크를 남자 고용인의 최상위에 위치하는 트레이스가 질책했다.

"류크, 적당히 해라. 너는 알리시아 님을 납치한 인간이다. 원래대로라면 투옥되었어도 할 말이 없다. 그런데 뭐냐. 난데없이 노라의 그, 가슴만 물끄러미 바라보질 않나, 알리시아 님에게 찰싹 달라붙질 않나, 레네에게 수작을 걸지 않나. 수습이라고는 해도 명색이 성직에 몸을 두었던 자의 태도냐?"

"아, 죄송합니다. 트레이스 씨. 저, 너무 기어올랐죠……. 죄송합니다. 이번에야말로 다시 태어나려고 생각했는데……."

바로 풀이 죽은 류크에게 트레이스도 '아니, 나도 그렇게까지 화나진 않았어'라고 당황하기 시작했다. 그 모습을 보던 루아크가 '트레이스 씨는 결국 다 받아주네'라고 놀렸다.

이상한 인간관계가 구축된 광경을 자기 눈으로 직접 보고, 노라는 한층 더 곤혹스러워하고 있었다.

"그림쟁이라니……. 젊은 남자를 늘려주시면야 고맙지만, 카슈반 님은 그림에도 음악에도 특별히 흥미를 갖고 계시지는……아."

상황을 전혀 알지 못해서 의아한 듯이 고개를 갸우뚱하던 노라가 갑자기 굳어버렸다.

이상하게 생각한 알리시아의 귀에 약간 긴장한 듯한 티르나드의 목소리가 들려왔다.

"다, 다녀왔습니, 다, 노라."

"……레이덴 백작."

의식은 돌아왔다고는 하나 아직 완전히 회복한 상태는 아니었다. 티르나드는 세이그람에게 기대듯이 해서 홀에 들어선 참이었다. 요양 중에 산을 넘은 세이그람도 몸 상태가 가히 좋다고는 할 수 없었다. 하지만 오기로 버티며 간병을 거부하기에 카슈반도 좋을 대로 하라고 내버려 두고 있었다.

"저, 아직, 몸이 그게, 산을 넘기에는 좀 힘들어서, 잠시 이곳에서 신세를 질 거야……. 지, 집도 다시 세워야 하고, 말이야…….."

"……그런, 가요."

"뭐, 뭐야, 멍하니 내 얼굴만 보고 있고. 다녀왔습니다라고 했으면, 잘 다녀오셨어요라고 해야지."

"……잘 다녀오셨어요, 레이덴 백작."

그렇게 말하는 정도가 고작이라는 느낌으로 노라는 중얼거렸다. 그 말을 끝으로 입술을 꾹 다물고 노려보듯이 티르나드를 바라보았다.

싸움을 건다고밖에 볼 수 없는 태도였으나, 알리시아는 노라의 눈꼬리에 옅게 빛나는 것이 매달려 있음을 알아차렸다.

"어머? 노라, 울고 있나요?"

"마, 마님 무슨 말씀을 하시나요 안 울어요 제가 울고 있다고 말씀하시는 무슨 이유라도 있으신가요?"

노라가 눈가를 훔치며 엄청난 기세로 쉬지 않고 말을 쏟아냈다. 알리시아는 고개를 갸우뚱하며 매우 자연스러운 어조로 대답했다.

"레이덴 백작님이 돌아오셨기 때문이죠? 노라가 가장 오랫동안 레이덴 백작님과 만나지 못했잖아요. 기쁘기도 할 거예요."

정곡을 찌르는 바람에 노라는 다음 말을 잇지 못하고 침묵했다.

"……노라, 정말로?"

티르나드가 살며시 질문하자 노라는 울컥해서 고개를 젓다가…… 도중에 생각을 고치고 담담하게 고개를 끄덕였다.

"……그야 뭐…… 이래저래 꽤 오랫동안 알고 지냈으니까요……. 당신은 카슈반 님 피후견인이기도 하고…… 사, 살아 있는 편이 카슈반 님께 도움이 될 거라고요."

"……그런가."

솔직하지 못한 노라의 대답에 티르나드는 솔직하게 말했다.

"너도, 나도 무사해서 나도 기쁘다. ……살아서 다시 만날 수 있다니 정말로 멋진 일이야."

그렇게 말하는 순간 노라는 얼굴을 새빨갛게 물들이며 침묵했다. 류크가 '아아, 이 아이도 품절 대기인가'라고 중얼거리는 바람에, 루아크가 생긋 웃으며 류크의 입을 틀어막았다.

달콤한 분위기가 감돌기 시작하는 가운데, 세이그람이 티르나드에게 단도직입적으로 물었다.

"티르나드 님. 당신은 이 암고양이를 좋아하십니까? 아내로 맞이하고 싶다고 생각하고 계신 겁니까?"

직설적인 질문에 티르나드의 얼굴이 새빨개졌다.

"어머, 레이덴 백작님은 노라를 좋아하시나요? 하지만 노라가 레이덴에 가버리면 제 읍읍읍."

제멋대로인 소리를 떠들기 시작하려는 알리시아의 입을 막는 임무는 카슈반이 떠맡았다.

"그…… 그건, 그…… 저기……."

"저, 저는…… 그런…… 하지만 꼭 그러시고 싶다고 하신다면, 아뇨, 그게."

티르나드도 노라도 횡설수설하긴 했지만, 세이그람의 말을 부정하려고 하지 않았다.

그것을 알아차린 세이그람은 새로 구한 안경을 밀어 올리며 이렇게 내뱉었다.

"영주가 됐을 때는 아내의 가문도 무기가 됩니다. 그것을 아

시면서도 이 암고양이와 결혼하고 싶다고 말씀하신다면야 말리지는 않겠습니다. 그러나 이후 일시적인 감정에 휩쓸렸음에 분통해 하고, 부부 사이에 균열이 생기는 날이 올지도 모릅니다."

레이덴 지방은 아즈베르그 지방과 비교하자면 안정돼 있다. 그러나 매우 부서지기 쉬운 균형 위에 조성된 평화라는 점을 요즘 들어 자꾸 절감하고 있다.

지스칼드가 손을 떼자 기회로 삼아 촉발된 것으로 보이는 폭동. 여기에 관해서는 며칠 전, 발로이에게 '일단 난은 진압했지만, 아직 끝은 아니다'라는 보고가 도착했다.

유란이 티르나드의 후견인이었던 시절, 산 속의 성당을 중심으로 구축했던 '날개의 기도' 교단의 조직망은 아직 뿌리 깊게 남아 있어서, 산발적인 폭동이 좀처럼 그치지 않고 있다고 한다.

티르나드가 정식으로 영주가 되기 전에, 그 점을 알 수 있어서 정말 다행이라고 카슈반은 말했다. 유란의 죽음으로 '날개의 기도' 교단 내부의 세력 구도가 어떻게 바뀌었는지는 알 수 없었다. 그러나 언젠가 곤란한 일이 찾아오리라는 점만큼은 틀림없었다.

"생활 때문에 애정이 식으면 당신은 견디지 못할 겁니다. 또 당신이 이 암고양이에게 그것을 이겨낼 정도로 강한 애정을 품고 있다고도 생각하지 않습니다."

상당히 앞질러 나간 감도 없지 않지만, 티르나드가 독립할 시기가 다가오는 것만큼은 사실이었다.

미리 못을 박아두려는지 세이그람이 따끔한 말을 하자 티르나드는 애매하게 웃었다.

"네가, 나를 위해 그런 말을 하는 줄은 알아. ……그래도."

그래도, 그 이상은 말을 못 했다. 현재 티르나드의 한계였다.

그러나, 그래도라는 말을 끝으로 더는 쓸데없는 변명을 늘어놓거나 하지 않는다는 점은 티르나드가 성장했다는 증거.

노라도 뭐라고 되받아치지 않고 잠자코 있었다. 세이그람은 그런 두 사람을 번갈아 바라보았다.

"—좋습니다."

세이그람은 품에서 소형 채찍을 꺼내 위협하듯이 다른 한 손을 가볍게 내리쳤다.

"노라, 너를 티르나드 님의 신부 후보 4위에 넣어주겠다."

"……하아? 4위라니…… 당신 혹시 벌써 레이덴 백작의 신부 후보를 물색하고 있나요?"

대체 어느 틈에. 놀라는 노라에게 세이그람은 오만하게 고개를 저어 보였다.

"1위와 2위는 아직 적당한 후보가 없지만 조만간 발견할 거다. 넌 내가 이제부터 철저하게 교육해줄 테니 각오해라."

찰싹, 찰싹 몇 번이고 울리는 높은음에 노라가 뒷걸음질 치고, 티르나드도 도망치고 싶은 얼굴을 했다. 그러나 몸이 아직 생각처럼 잘 움직이지 않아 세이그람에게서 떨어질 수가 없었다.

"덧붙여 3위는 알리시아 님입니다. 알리시아 님, 강공작 각하께 무슨 일이 생긴다면 바로 저희 주인님에게 와주시길 부탁합니다."

언제나처럼 밉살스러울 정도로 뻔뻔스러운 소리를 입에 담으며, 세이그람은 알리시아를 향해 머리를 숙였다.

"……뻔뻔함도 그 정도면 이제 예술적이다."

이제는 뭐라 할 말도 없다. 그런 얼굴로 카슈반이 한숨을 쉬었다.

"아아, 알리시아도 노라도 귀여운데……. 레네도 발로이 씨 이외에는 관심 없다는 말을 했고…… 교단에서 나오면 나한테도 귀여운 여자아이가 돌아올 것이라고 생각했는데……. 귀여운 아이들은 전부 나딜 씨가 방으로 불렀지……."

류크는 진심으로 유감스러워했다. 분위기를 무시한 푸념을 들은 루아크는 '응. 너라면 여기서도, 레이덴 저택에서도 잘해나갈 수 있을 거야'라며 웃었다.

종장

트레이스가 건네준 열쇠를 꽂아 넣을 필요도 없이 카슈반의 방문은 열렸다.

램프를 한 손에 들고 안을 들여다본 알리시아는 차가운 밤공기에 섞여 흘러나오는 강력한 술 냄새에 저도 모르게 얼굴을 돌렸다. 증류주의 일종인 것 같는데, 주정의 향이 너무 강해서 그 외의 성분을 도무지 짐작도 할 수 없었다.

"……누구냐……?"

소리를 듣고 알아차렸는지 카슈반이 누군지 물어왔다. 그러는 목소리에는 묘하게 억양이 없었다.

달빛 이외에는 불빛 하나 없는 방 안쪽에 카슈반의 모습이 둥실 떠올라 있었다.

"아, 카슈반 님. 일어나 계셨나요……? 저예요."

대답한 알리시아는 조심조심 책상에 앉은 카슈반에게로 다가갔다.

오늘 카슈반은 일을 하려고 이 시간까지 깨어 있진 않은 듯했다. 여느 때라면 높게 쌓여 있을 서류는 책상 구석에 정리되어 있었고, 대신 본 적이 없는 새카만 병 세 개가 그 자리에 놓여 있었다.

그중 두 병은 이미 비었고, 남은 한 병에서 농밀한 주정이 새어 나와 공기 중에 떠돌고 있었다. 잔이 없는 점을 보면, 직접 병에 입을 대고 마시고 있었던 모양이다.

"이건…… 술이네요. 하지만 이름이고 뭐고 아무것도 적혀 있지 않아요."

손에 든 램프를 책상 구석에 놓으면서 알리시아는 검은 병을 흥미진진하게 바라보았다.

"렘블라. 발로이의 선물이다. 라그라드르인이 특히 좋아하는 술이지. 이것을 보수로 받기로 약속하고 일하는 녀석들도 있을 정도다…… ."

용병의 피라고도 불리는, 무서울 정도로 도수가 높은 술의 이름을 카슈반이 입에 담았다.

발로이는 레이덴 지방의 폭동이 진압되었다는 보고를 하고자 지금 라이센 저택에 와 있었다. 노라의 방에 머물겠다며 난리를 피우고 있었지만, '떠들지 마십시오, 티르나드 님의 상처에 좋지 않습니다'라며 세이그람이 대신 카드 게임을 제안했다. 그 결과 루아크 제다 트레이스 류크까지 끌어들여 와와 야단법석을 떨고 있었다.

"카슈반 님은 카드 게임을 별로 안 좋아하시나요? 다들 아직 즐거운 듯이 카드 게임을 하고 있는데요."

"싫어하지는 않지만 용병단식으로 하는 사기 게임이다. 제대로 즐길 만한 게 못 돼…… 그렇다고는 하나 트레이스와 류크 외에는 다들 의외로 속임수를 잘 쓰니까, 옆에서 보고 있어도 꽤 재밌기는 하겠지……. 그래도 혼자서 마시고 싶은 기분이다."

그렇게 중얼거리는 카슈반의 손가락이 희롱하듯 갖고 노는 물건에 알리시아의 눈이 머물렀다.

"이건…… 그때 석궁, 이네요."

레오니아가 만들고 류크가 장식한, 유란에게 천벌을 내린 무기다. 화살은 장전되지 않았지만, 나무로 만들어진 시위에는 누구의 것인지 알 수 없는 피가 점점이 튀어 있었다.

술기운 가득한 숨을 내쉬면서 고개를 끄덕인 카슈반은 활대 좌우에 붙은 목제 날개 장식을 손으로 어루만졌다. 이음새 부분에 경첩이 붙어 있어서 고정쇠를 빼면 땅 소리를 내며 접혀서 활대 안쪽에 수납하게 만들어져 있었다.

"이 장식에 숨겨진 장치가 되어 있어……. 이것을 이렇게 펼치면 윈치의 힘으로 활대 속에 숨겨진 또 하나의 화살의 시위를 당길 수 있지……."

술기운이 돌고 있어서일까, 레오니아처럼 나른한 어조로 카슈반은 천벌의 내막을 공개했다.

잘 보니, 펼쳐진 날개 밑으로 또 하나의 현이 숨겨져 있었다. 티르나드를 쏘려고 했을 때, 유란이 이상하리만큼 한계까지 윈치를 돌리고 있었던 까닭은 류크를 쐈을 때와 손맛이 달라졌기 때문이기도 했으리라.

"……유란 님이, 레이덴 백작을 쏘리라 예상해서…… 이런 장치를 해두었다, 그런 말인가요?"

"혹은 너나 디네로를 쏠지도 모른다고 예상해서겠지……. 유란은 물밑 왕국을 체험하고 난 후로부터, 교단 내에서도 두려움의 대상이 되었다는 모양이다⋯⋯. 그런 유란에게 누군가는 설득을 당하기도 할 테지만, 누군가는 반항하다가 짓밟히기도 하겠지⋯⋯."

'아셸님이 제2계제라는 고위를 내리시니까, 한층 더 기고만장한 게 아닐까'. 류크의 말이었다. 유란의 수하는 그를 물밑 왕국에서 돌아온 자라고 해서 두려워했다고 한다. 겁먹고 도망치는 자를 등 뒤에서 석궁으로 쏴서 맞은 자도 있었다고 했다.

류크를 쐈을 때, 유란은 자력으로 더 높은 나라에 갈 수 있기를 바란다고 말했다. 레오니아가 이 활에 심판의 활이라는 이름을 붙인 이유는 유란이 어떻게 해서든 더 높은 나라에 보내고 싶은 인간을 쐈을 때, 장치가 발동하도록 계획했기 때문이리라.

"올바른 가르침에 귀를 기울이려 하지 않는 어리석은 지방백에게 심판을 내리려 할 때⋯⋯ 신은 그 오만함을 심판한다는 의도인가⋯⋯. 흥, 정적을 폄하하며 없애려 하는 것은 귀족도 성직자도 다르지 않군⋯⋯."

낮게 웃은 카슈반은 짓궂은 눈을 가늘게 떴다.

"그러나 레오니아, 거기에 나딜, 솔라스카, 그리고 아셸, 인가⋯⋯. '날개의 기도' 교단의 전모도 대충 파악했다⋯⋯. 일이 꽤 재미있게 돌아가고 있어⋯⋯."

류크, 게다가 일부 포로가 물을 이용한 고문을 견디지 못하고 흘린 이름을 술술 내뱉고는 카슈반은 다시 웃었다.

"일단 온건파라던 녀석들이 그런 식이니 말이야⋯⋯. 국왕

페하의 주변에도 이상한 움직임이 있다고 하고…… 정말이지 이렇게까지 전부 적이라면 차라리 개운할 정도다……."

"적만 있는 건 아니랍니다, 카슈반 님."

술 취한 푸념을 흘려듣지 않고 알리시아는 진지하게 말했다.

"적이 점점 늘어난다는 느낌도 들지만, 아군도 늘어났는걸요. 류크도 카슈반 님을 70% 더 미형으로 그려준다고 말해주기도 했으니, 기운을 내세요."

변함없는 알리시아의 격려에 카슈반은 말없이 손을 뻗어 마지막 렘블라 병을 들어 내용물을 들이켰다.

퍼져가는 농후한 향기와 카슈반이 자신을 보는 눈에 열기가 깃들어 있음을 감지한 순간, 알리시아는 가슴이 두근거렸다.

"죄, 죄송합니다. 카슈반 님. 혼자서 마시고 싶다고 하셨죠? 너무 오래 머무르고 말았습니다. 그만 실례하겠습니다."

"기다려."

자리에서 일어선 카슈반이 방을 나서려는 알리시아의 팔을 잡았다.

그대로 억지로 끌어당겨서 카슈반은 의자에 다시 앉은 자신의 무릎 위에 알리시아를 앉혔다.

강렬한 술 냄새와 밀착한 몸에서 전해지는 열기에 술에 취한 듯 머리가 어질어질했다.

"이런 시간이 일부러 찾아왔다면, 뭔가 중요한 볼일이 있어서 겠지……?"

아즈베르그에 돌아오고 나서도 카슈반은 뒤처리를 하느라 바쁘게 돌아다녔다. 그래서 카슈반과 이렇게 서로 살을 맞대는 시간을 가지기도 오랜만이었다.

하지만 카슈반의 태도에서는 이전에 바스틀 저택에 납치되었던 후에 느껴졌던, 어딘가 얇은 벽이 쳐진 느낌은 더는 느껴지지 않았다. 취해 있기 때문일지도 모르겠지만, 알리시아를 만지는 손가락에서 조심스러워하는 기색은 찾아볼 수 없었다. 그랬기에 알리시아는 한층 더 머리가 어질어질했다.

"저, 네 그러니까…… 자, 잠깐 기다려주세요. 순서를 확인해 볼게요."

카슈반이 묻고 나서야 용건을 떠올린 알리시아는 줄곧 손에 들고 있던 종이를 펼쳐서 램프에 비춰보았다.

"순서라니 너, 또 오델 후작 부인에게 이상한 소리를 들었나?"

취기가 날아간 것일까, 아니면 취한 척하고 있었을까. 카슈반이 난데없이 평상시 어조로 되돌아왔다.

그러나 알리시아가 손에 든 것은 언제나 에르티나가 보내오는 소녀 취향의, 빛을 비추면 무늬가 떠오르는 그런 종이가 아니었다.

그리고 종이에 적힌 내용도 에르티나의 지시와 내용이 사뭇 달랐다.

"음 그러니까…… 카슈반 님, 저는 당신의 사랑의 미아랍니다."

그 말에 카슈반이 눈을 동그랗게 떴다. 그러나 그런 카슈반에게는 아랑곳하지 않고 알리시아는 남편의 가슴에 슬슬 뺨을 문질렀다.

"아아, 카슈반 님의 넓은 가슴에서 미아가 되고 싶어요……."

"……방금 미아라는 말을 들었는데, 이보다 더 헤매고 싶은가?"

메마른 목소리로 카슈반이 지적했지만, 알리시아는 그에 아랑곳하지 않았다. 손에 든 종이에 시선을 떨어뜨렸다가 다시 한번 남편을 올려다보았다.

가느다란 손가락이 카슈반의 턱에 닿았다. 카슈반이 깜짝 놀라는데도 개의치 않고 가볍게 들어 올리는 듯이 해서 눈과 눈을 마주 보게 했다.

"아가씨, 나한테 반하면 크게 데일 거야."

묘한 억양을 붙여가며 알리시아가 그렇게 말하자, 카슈반은 어안이 벙벙한 얼굴로 듣고 있었다.

"아, 이건 카슈반 님 대사네요."

"─잠깐 내놔봐라."

실수를 알아차린 알리시아가 손에 든 종이에 시선을 주려는 때였다. 얼굴이 새빨개진 카슈반의 손이 뻗어왔다.

앗 소리를 내는 아내에게서 종이를 빼앗아 든 카슈반은 내용과 필적으로 범인을 바로 밝혀냈다.

"……어딘지 아저씨스러운 대사라고 생각했더니, 역시 발로이였나……."

쓸데없는 선물을 갖고 왔군. 카슈반은 그렇게 욕을 해댔고,

알리시아는 곤란한 얼굴을 했다.

"카슈반 님, 죄송하지만 지금 그 대사를 해주시겠어요? 그게, 저…… 카슈반 님과 좀 더 진도를 빼서요…… 좀 더…… 카슈반 님께 사랑받고 싶어요……."

"……그런가. 그러려면 나는 무슨 일이 있어도 지금 그 대사를 해야 하는 거군……."

다음번엔 나도 레네에게 꾀를 알려줄 테다. 그렇게 혼잣말을 중얼거린 카슈반은 뭔가를 결의한 얼굴로 다시 한번 렘블라를 들이켰다.

한 번 숨을 크게 쉰 뒤 카슈반은 알리시아 쪽을 돌아보았다. 그 눈을 본 순간 알리시아의 '배가 아픈' 감각이 최고조에 달했다.

"……아."

카슈반의 손가락이 턱을 가볍게 들어 올리자, 저도 모르게 몸이 떨렸다.

눈썹을 모은, 어딘가 애절해 보이는 표정을 물끄러미 바라보며 카슈반은 요염함을 띤 목소리로 속삭였다.

"아가씨, 나한테 반하면 크게 데일 거야……."

그 말을 들을 것이라는 사실은 이미 알고 있었다.

그런데 어떻게 할 수도 없을 만큼 심장 박동이 빨라져서 무의식중에 카슈반의 옷을 꽉 쥐었다.

"카슈……, 아……."

"……알리시아. 화상을 입어도, 내게 반해라……."

대본에는 없는 대사를 속삭이는 입술이 가까이 다가왔다.

반사적으로 눈을 감은 순간, 가까이 다가온 입술이 촉 소리를 내며 눈꺼풀에 키스했다.

"왕자님 따위 내버려 둬."

이번에는 뺨.

이전에 에르티나가 알려준 대로 알리시아가 했던 행위를 카슈반이 그대로 따라가고 있었다.

"납치된 공주님이 괴물에게 반하기만 한다면 이야기는 잘 수습되잖아…… 알리시아. 질투해주었다면…… 나를 좋아한다는 뜻이겠지……?"

뜨거운 목소리가 흘러들어온 직후, 입술이 귓불에 닿았다. 그러기 무섭게 알리시아는 힛, 전혀 섹시하지 않은 소리를 내고 말았다.

여느 때 '배가 아픈' 감각은 이제는 그 영역을 넘고 있었다.

산소 부족에 시달리는 물고기처럼 가쁘게 숨을 쉬면서, 알리시아는 더듬더듬 호소했다.

"카슈반 님…… 저…… 배…… 탈이 났을지도…… 모르겠어요……."

'배가 아픈' 감각이 최상급에 달했다는 말을 듣고, 카슈반은 키득키득 웃었다. 그러던 카슈반의 눈이 문득 다시 진지해졌다.

"너, 디네로와 키스할 뻔했다고 했지……?"

질투심을 채 다 숨기지 못한 목소리에 등줄기가 오싹오싹했다.

"마지막에는 입, 이었지. 그럼 알리시아, 입 벌려봐……."

턱을 잡고 있던 손가락이 미끄러져 입술에 가 닿았다.

뭔가 수상한 술수에라도 걸린 기분으로 알리시아는 카슈반이 말한 대로 살짝 입을 벌렸다.

"깨물지 마라, 먹을 것이 아니니까……."

진지하게 주의를 준 카슈반의 얼굴이 가까이 다가왔다.

"……웅……?!"

살짝 열린 입술 사이로 뭔가 굉장히 탄력적인 것이 파고드는 통에 알리시아는 깜짝 놀라고 말았다. 카슈반의 주의에 따라 얌전히 움직이지 않는 알리시아의 치아 사이를 가르고 들어온 그 것은 카슈반의 혀였다. 그것을 안 순간, 달콤한 전류가 전신을 꿰뚫고 지나갔다.

"웅, 우……, 응응……."

이것이 시이르가 말했던 '고급 설탕 과자처럼 혼을 녹이고, 감미로우며, 그러면서도 청초한, 빛나는 날개에 필적하는 힘으로 산 채로 더 높은 나라에 데려다주는 입맞춤'일까?

천천히 시간을 들여 입안을 침략하는 혀의 움직임. 동시에 어느새 등에 둘러진 카슈반의 손이 알리시아의 머리를 빗으면서 몸의 선을 더듬었다.

달콤하고…… 또 달콤했다.

"……알리시아……?"

"……후아……."

그리고 술의 도수가 너무 높았다.

알리시아도 술을 전혀 마시지 못하진 않는다. 기온이 높은 페이트린 지방의 생수는 그대로 마시면 아무리 알리시아도 살짝 위험할 정도다. 게다가 더러워진 물을 마시고 죽으면 더 높은 나라에 갈 수 없다는 게 교단의 가르침이었다.

때문에 알리시아도 차보다 비교적 가격이 저렴한 술을 마실 때가 많았다. 그래도 두 병 반이나 되는 렘블라에 젖은 혀가 입을 구석구석 뒤지고 다니는 데에는 이길 수 없었다. 용병의 피라는 위험한 별명으로 불리는 이 술은 사람을 정신 차리게 할 때도 사용할 정도로 강했다.

"……과연, 내가 똑같은 일을 하면 잠이 드는가?"

이와 똑같은 일을 겪으면서 잠에서 깼던 일을 생각해냈을까, 카슈반은 팔 안에서 꾸벅거리는 아내를 끌어안은 채로 질렸다는 듯이 중얼거렸다. 역시 그저 취한 척하고 있었을까, 내뱉는 숨에는 술기운이 섞여 있었지만 목소리 자체는 침착했다.

"뭐, 아무래도 좋지. 앞으로 5년 정도 이대로라도……. 아이라면 벌써 두 명이나 있으니까……."

자리에서 고쳐 앉은 카슈반은 의자 등받이에 걸어놓았던 망토를 펼쳐 눈을 감은 알리시아의 몸에 덮어주었다.

"……응, 카슈반 님……?"

그 박자에 알리시아가 반쯤 각성해 자리에서 일어나려고 했다. 됐으니까 자고 있으라고 말하듯이 어깨를 내리눌렀다.

"나도 곧 잘 거다. 따뜻해서 딱 좋으니까, 그대로 자고 있어……."

착하지 착하지 하면서 머리를 쓰다듬는 느낌에 마음이 편안해져서 알리시아는 다시 눈을 감았다.

주인에게 어리광을 피우는 새끼 고양이처럼 몸을 동그랗게 만 알리시아의 귀에 낮은 노랫소리가 들려왔다.

소리가 작아서 가사까지는 알 수 없었다. 그러나 기억에 있는 선율은…… 자장가였다.

그것을 확인하려고 고개를 든 순간, 얼굴에서 안경이 벗겨져 책상에 놓였다. 덕분에 눈으로 보고 확인할 수 없었지만, 이 노래를 부르는 사람은 틀림없이 카슈반이었다. 하지만.

"같은 곡이에요."

페이트린에서 알리시아의 어머니가 자주 불러주던 것과 같은 자장가.

생각해보면 아즈베르그 지방과 페이트린 지방은 지형도 기후도 완전히 다르지만, 영지 일부를 접하고 있다. 같은 곡이 전해지는 것은 자연스러운 흐름일지도 몰랐다.

카슈반은 자신의 아버지와 어머니를 싫어한다.

아버지는 카슈반과 접점을 가지려 하지 않았다고 들었다. 그렇다면 이 노래는…… 자신의 신앙의 증거로서 미친 영주에게 몸을 맡긴 어머니가 불러주었을까?

"알리시아. 나는 꿈을 꾸어도 될까……?"

부자연스럽게 노랫소리가 끊기고 들려온 소리는 혼잣말과도 같은 질문이었다.

"용서받을 수 있다고…… 생각해도 될까……?"

미아처럼 불안해하는 목소리가 가슴을 찔렀다.

점점 깊이 잠드는 가운데, 돌아가신 부모님의 환영을 보면서 알리시아는 조용히 눈물을 흘렸다.

그저 한 사람의 인간으로서 카슈반을 선택하는 사치가 허락될까.

하지만 그 유일한 한 사람을 잃어버린다면— 자신은 어떻게 될까.

작가 후기

축(祝) 크리스마스 발행! 오노가미 메이야라고 합니다. 시리즈 다섯 번째 작품 '사신 공주의 재혼—미소와 용서의 성자—'를 읽어주셔서 감사합니다!

(※ 현지 발매일이 2008년 12월 26일입니다.)

이번 권의 새 등장인물은 서장에서 얼굴을 내보였을 뿐인 두 사람을 제외하면 나른한 발명가와 경박한 화가입니다. 하지만 4권까지 나왔던 등장인물들도 총출동하기 때문에 전체 캐릭터 수는 엄청 많습니다.

나른한 발명가, 레오니아는 발로이에 이은 아저씨 캐릭터입니다. '귀찮다', '졸리다'는 저의 입버릇이기 때문에 무척 친근감이 느껴지네요.

경박한 화가인 류크는 요즘 젊은이들처럼 용감한지 그렇지 않은지 잘 알 수 없는 캐릭터입니다. 그가 그리는 카슈반의 초상화는 분명히 무척 아름다울 겁니다.

그 외에 발로이 용병대의 인간들이나 디네로, 리드렉 등등 그 뒤 어떻게 됐을까 싶은 사람들에 대해 잔뜩 쓸 수 있어서 무척 즐거웠습니다. 그리고 의외로 제다를 쓰는 것이 재미있었습니다

―. 물론 물밑 왕국에서 살아 돌아온 그 사람을 쓰는 것도요.

　'미소와 용서의 성자'라는 이번 권의 부제는 앞 권인 '나의 귀여운 왕자님'과 마찬가지로 여러 가지 의미로 생각할 수 있을 것 같습니다. 핵심은 바로 예의 그 사람입니다만, 다들 조금씩 누군가를 용서해주는 이야기였습니다. 디네로도 꽤 크게 용서해준 것 같지만, 역시 가장 크게 용서한 것은 티르나드일까요……? 도련님, 수고했어요. 1권부터 보면 가장 많이 성장한 것은 티르나드가 아닐까 그렇게 생각합니다. 그러니까 세이그람도 너무 화내지 말아줬음 하네요.

　주역 부부도 서로 질투를 하는 등, 사이가 진전될 조짐이 보이네요. '괴물'이 '공주님'과 행복하게 될 수 있는지, 없는지는 담당 미카지리 씨, 일러스트레이터 키시다 메루 씨와 함께 노력하고 있으니, 끝까지 봐주십시오.

　또 이번에도 비즈로그의 모바일 사이트에 카슈반 시점의 번외편 2편을 썼습니다. 상세한 내용은 띠지 안쪽에 실려 있으니, 이쪽을 읽어주세요. (※현지 이야기입니다.)

2008년 11월 오노가미 메이야

사신공주의 재혼 5

초판 1쇄 발행   2018년 11월 15일

저자 오노가미 메이야

발행인 원종우
발행처 이미지프레임

주소 (13814) 경기 과천시 뒷골1로 6, 3층
영업부 02-3667-2653   **편집부** 02-3667-2654   **팩스** 02-3667-2655
메일 alicenovel@imageframe.kr   **웹** alicenovel.com

ISBN 979-11-6085-292-9 02830 (5권)   979-11-6085-287-5-02830 (세트)

SHINIGAMIHIME NO SAIKON Vol.5 HOHOEMI TO YURUSHI NO SEIJA
©2008 Meiya Onogami
All rights reserved.
First published in Japan in (year) by KADOKAWA CORPORATION ENTERBRAIN
Korean translation rights arranged with KADOKAWA CORPORATION ENTERBRAIN
through Shinwon Agency Co., Seoul.